Une alliance scandaleuse

CAITLIN CRESS

Une alliance scandaleuse

Traduction française de
CHRISTINE MOTTI

Azur

HARLEQUIN

Collection : Azur

Titre original :
EXPECTING A ROYAL SCANDAL

HARPERCOLLINS FRANCE
83-85, boulevard Vincent-Auriol, 75646 PARIS CEDEX 13
Service Lectrices — Tél. : 01 45 82 47 47

www.harlequin.fr

ISBN 978-2-2803-6676-2 — ISSN 0993-4448

1.

Une femme avisée ne pouvait se permettre de refuser certaines invitations. Comme celle que Brittany venait de recevoir, par exemple, provenant de l'un des hommes les plus célèbres au monde, rédigée sur une carte luxueuse et qui lui avait été remise en main propre par un messager. Quant au texte de l'invitation, il l'avait beaucoup intriguée :

Rejoignez-moi à Monte-Carlo...

Brittany Hollis, âgée de 23 ans à peine, se considérait en effet comme une femme avisée malgré la réputation sulfureuse qui lui collait à la peau sur au moins deux continents. Elle s'était mariée trois fois et avait participé à une émission de télé-réalité où elle avait joué un rôle des plus détestables sans jamais confirmer ou démentir les rumeurs scandaleuses qui circulaient sur son compte.

Personne, hormis elle-même, ne savait qui elle était réellement. Et, quels que soient les qualificatifs dont on l'affublait — « mercenaire » figurant parmi les plus flatteurs —, elle était convaincue qu'en demeurant concentrée sur son objectif elle finirait par l'atteindre. Elle y croyait dur comme fer. Un jour, elle volerait vers l'île tropicale de ses rêves et s'y installerait pour toujours. Et elle passerait le reste de sa vie en paréo, à déguster des cocktails au soleil sans jamais repenser au passé ni à ces journaux à scandale qui l'avaient si souvent dépeinte comme une créature diabolique.

Comme elle avait hâte de voir son projet se réaliser !

Cela faisait des années qu'elle envoyait la moitié de ses revenus à sa famille qui l'avait pourtant bannie. Ce qui n'empêchait pas cette dernière d'encaisser ses chèques ni de lui réclamer davantage de manière récurrente, sans éprouver le moindre scrupule.

Quand l'ouragan Katrina avait dévasté La Nouvelle-Orléans en août 2005, la mère de Brittany, qui élevait seule sa fille, avait tout perdu et il s'en était fallu de peu pour qu'elle se retrouve à la rue dans la ville de Gulfport, Mississippi. Brittany s'était démenée pour l'aider à s'en sortir, année après année, se servant de la seule arme à sa disposition : son physique. Elle avait hérité de la beauté de sa grand-mère et aussi de son intelligence, même si on la considérait comme une écervelée.

Heureusement, son plus jeune demi-frère aurait dix ans cette année. Dans onze ans environ, Brittany pourrait enfin oublier sa famille et vivre à sa guise.

Avec ses économies, elle s'installerait sur une île peu fréquentée du Pacifique, dans une petite maison au soleil sous les palmiers, avec pour seul horizon l'immensité de la mer.

Elle avait vu des photos de l'archipel de Vanuatu quand elle était au lycée, et ces images étaient demeurées gravées dans sa mémoire. Elle avait décidé qu'un jour elle s'envolerait vers ce paradis situé à l'ouest des îles Fidji et n'en repartirait plus jamais.

En attendant, elle devait gagner la splendide ville de Monaco pour y retrouver l'homme qui l'avait invitée à le rejoindre. Il lui avait donné rendez-vous au casino de Monte-Carlo pour discuter, avait-il dit, d'« une proposition mutuellement profitable ». Cet endroit était fréquenté par les célébrités les plus riches du monde. Qu'est-ce qu'un homme comme lui et une femme comme elle pouvaient bien avoir en commun, à part une notoriété détestable ? Elle n'en avait pas la moindre idée…

Brittany pénétra dans le casino à l'heure convenue, vêtue d'une robe de soirée à paillettes. Monte-Carlo ayant conservé le charme désuet de l'Ancien Monde, elle avait décidé de ne surtout pas déparer dans ce décor. Elle savait que sa tenue lui vaudrait des regards de convoitise, mais tel était le but.

Lorsqu'elle atteignit la salle de jeu, elle reconnut aussitôt l'homme qui lui avait donné cet étrange rendez-vous. Une vingtaine d'admirateurs se pressait autour de lui à l'une des tables où se jouaient les sommes les plus folles. Des murmures et des exclamations étouffées s'échappaient de la foule à chacune de ses mises.

Quand il quitta la table de jeu pour aller au bar, la foule se dispersa et Brittany put enfin contempler l'homme qui l'avait invitée. Pas la moindre émotion ne jouait sur ses traits. Peu importait à celui qu'on appelait autrefois Son Altesse Sérénissime l'Archiduc Felipe Skander Cairo de Santa Domini de perdre au jeu des sommes d'argent astronomiques. Sa richesse se comptait en millions.

Cairo Santa Domini. L'héritier légitime du trône d'un petit pays alpin, seul survivant d'une lignée prestigieuse remontant à plus de cinq cents ans. Depuis qu'un coup d'État militaire avait réduit à néant la monarchie de son père et provoqué la mort de tous les membres de sa famille, Cairo vivait en exil.

Selon la presse, il représentait un véritable fléau pour la moralité de toutes les femmes qu'il approchait en Europe. Comme s'il mettait un point d'honneur à rappeler à la terre entière les excès des anciennes monarchies. Comme si son but consistait à faire la une des journaux à scandale.

Cairo Santa Domini, l'homme dont la signature figurait au bas de l'invitation qu'elle avait reçue, se tenait assis à une table devant elle, vêtu d'un smoking impeccable…

Elle avait beau s'être préparée à le rencontrer dans ce casino, cette perspective la rendait fébrile. D'ailleurs, elle s'était immobilisée au milieu de la salle, attirant tous les regards. Ce type de comportement ne lui ressemblait pas. Elle n'était plus la jeune fille candide d'autrefois, celle qui aurait rougi à l'idée de se retrouver en la présence d'une personnalité aussi célèbre. Pourtant, quand le regard de Cairo croisa le sien, elle se figea.

Elle avait vu des milliers de clichés de Cairo, comme la plupart des gens de par le monde, et savait qu'il était très bel homme. D'ordinaire, les célébrités paraissaient plus ternes au naturel, mais ce n'était pas son cas.

Il avait une bouche sensuelle, des lèvres pleines, des cheveux noirs savamment indisciplinés.

Et ce regard ! Brittany n'aurait su décrire son éclat, ses reflets caramel, sa profondeur insondable. Lorsqu'il s'arrêta sur elle, elle se sentit fondre littéralement, tandis que des frissons irrépressibles parcouraient tout son corps.

Jamais personne, par un simple regard, n'avait suscité en elle une émotion aussi intense.

Brittany était plus ou moins immunisée contre les hommes depuis son plus jeune âge. Enfant, elle avait vu les amants de sa mère se succéder dans leur misérable roulotte. Le fait qu'elle se soit mariée trois fois, de son plein gré et pour des raisons purement pratiques, n'avait altéré en rien l'opinion qu'elle s'était forgée sur les hommes. Et aucun de ses époux ne lui avait fait battre le cœur comme ce roi exilé…

Cette situation était insensée. Détournant les yeux du regard inquisiteur de Cairo, elle observa le reste de sa silhouette. Il portait un costume luxueux, comme la plupart des riches Européens que l'on croisait sur les boulevards ou dans les clubs privés de la Riviera française. Mais, contrairement à ses semblables, il possédait une élégance innée. La veste mettait en valeur ses larges épaules, sa stature athlétique ; le pantalon dévoilait de longues jambes dont on devinait les muscles saillants sous la fine étoffe. Il portait des souliers fabriqués sur mesure qui avaient dû coûter une fortune.

Quand elle leva à nouveau les yeux vers son visage, elle le vit froncer imperceptiblement les sourcils et pencher la tête de côté. Pas de doute, il l'avait reconnue. Elle ne pouvait que se plier à ce jeu dont elle ignorait l'issue, car tel était le but de sa présence en ce lieu.

Quand Cairo l'invita d'un geste aimable à venir le rejoindre, l'envie de tourner les talons la saisit. Son instinct lui criait de fuir cet homme dangereux et de repartir sur-le-champ à Paris.

Si tu approches cet homme de trop près, il te détruira…

Chassant le sentiment de panique qui menaçait de la saisir, elle se traita de folle et prit une profonde inspiration pour se donner du courage. La magie du lieu jouait sans doute sur ses nerfs fragiles. De vagues réminiscences de son enfance, datant de l'époque où elle croyait aux contes de fées, remontaient à la surface, sans doute dues au fait qu'elle avait été conviée à Monte-Carlo par un monarque en exil…

Affectant une mine perplexe, comme si elle ignorait l'identité de Cairo, Brittany s'avança vers lui d'un pas faussement assuré.

Elle avait l'impression de se diriger tout droit vers sa perte.

— Êtes-vous Cairo Santa Domini ? demanda-t-elle d'une voix claire en s'immobilisant à quelques pas.

Elle avait forcé son accent du Mississippi pour ne laisser aucun doute sur ses origines. Souvent, cet artifice jouait à son avantage.

Comme prévu, son incapacité feinte à reconnaître l'un des hommes les plus célèbres de la planète provoqua des exclamations outragées autour d'elle.

Les lèvres de Cairo s'étirèrent en un sourire énigmatique qui fit naître mille frissons dans tout le corps de Brittany.

— Hélas ! c'est bien moi, répondit-il d'une voix au timbre chaud, velouté, empreint de sensualité. J'aurais aimé céder ce nom et tout ce qui s'y rattache à quelqu'un d'autre, mais personne n'en a voulu.

Sans rien changer à sa posture désinvolte, il l'invita d'un regard pénétrant à s'approcher davantage, ce qu'elle fit sans rechigner. Elle s'arrêta à sa hauteur, les épaules bien droites, la tête haute.

— Pourquoi « hélas » ? Qu'est-ce qu'un royaume perdu comparé à cette aura que vous dégagez ? Regretteriez-vous cette réputation de séducteur qui vous colle à la peau ? Personne, à part vous, ne peut se vanter d'avoir accumulé autant de conquêtes.

Cette réflexion lui valut des exclamations effarées et des expressions choquées dans l'assemblée, mais elle fit mine de ne pas s'en apercevoir. Son regard demeura rivé à celui de Cairo, devenu plus dur. Visiblement, le commentaire de Brittany avait fait mouche, comme elle l'escomptait.

— Mademoiselle Hollis, je présume ?

Elle était certaine qu'il l'avait reconnue au premier regard. Mais tel était le jeu dangereux auquel tous deux avaient décidé de se livrer. Elle se contenta de hocher la tête.

Après un silence, Cairo reprit :

— Vous savez, j'ai passé la plus grande partie de ma vie en exil. Seuls les révolutionnaires voient encore en moi un roi. Mieux vaut ne pas provoquer leur courroux. Celui-ci s'accompagne en général de gouvernements renversés et de villes détruites.

Plissant les yeux, il ajouta :

— J'espère que vous avez trouvé facilement votre chemin jusqu'ici ce soir. Monte-Carlo ne ressemble pas aux *bas-fonds* parisiens — c'est ainsi que nous nommons poliment les endroits que vous fréquentez. N'êtes-vous pas dépaysée ?

Brittany avait mal jugé cet homme. Elle ne s'attendait pas qu'un séducteur de sang royal traînant derrière lui une réputation aussi sulfureuse fasse preuve d'un esprit aussi aiguisé ni qu'il manie l'insulte avec une telle dextérité.

Ses propos la blessèrent bien plus qu'elle ne l'aurait imaginé, mais elle n'en montra rien.

— Qui se ressemble s'assemble, dit-on communément, laissa-t-elle tomber d'un air affable, d'où ma présence ici ce soir.

Le sourire de Cairo joua à nouveau sur ses lèvres, plus franchement cette fois, accentuant le trouble qu'elle ressentait face à cet homme trop séduisant.

— Vous devriez vous enorgueillir d'avoir été invitée dans ce lieu paradisiaque. C'est un grand honneur que je vous fais, *cara*.

Cairo se redressa sur son siège, mais il devait toujours lever les yeux vers elle pour la regarder. Perchée sur ses hauts talons, elle le dominait de toute sa hauteur.

— J'apprécie à sa juste mesure la chance qui m'est offerte, ironisa-t-elle. Oui, je suis vraiment flattée.

Brittany avait l'habitude de se trouver sous les feux des projecteurs où elle prenait un malin plaisir à entretenir sa légende. Il suffisait d'un clignement de paupières, d'un sourire, pour qu'une nouvelle rumeur la concernant se répande comme une traînée de poudre et qu'elle apparaisse en première page des journaux à scandale.

Mais ce soir la situation était différente. Pas seulement parce qu'il n'y avait pas de photographes à l'affût. Mais surtout parce qu'elle n'était rien comparée à Cairo Santa Domini qui semblait régner en maître dans ces lieux.

Elle aurait dû mieux se préparer à cette rencontre comme elle le faisait d'ordinaire. Elle aurait alors compris à qui elle avait affaire. Un homme au physique exceptionnel, certes, mais aussi doté d'une force d'attraction incomparable. Son magnétisme le rendait dangereux.

Malgré son air indolent, son regard intense la transperçait. Il demeurait rivé au sien comme s'il cherchait à lire dans ses pensées les plus intimes.

— Je vous ai vue sur scène, finit-il par dire après un long silence chargé d'électricité.

Surprise, Brittany retint son souffle. Elle n'en croyait pas ses oreilles. Cairo avait-il assisté à ce spectacle affligeant dans ce club miteux où elle s'était produite quelques fois ?

Bien que décontenancée par cet aveu, elle s'efforça de demeurer impassible, mais elle peinait à soutenir le regard inquisiteur de Cairo.

— Vous avez un sens inédit du burlesque, mademoiselle Hollis, reprit-il d'un ton narquois. Cette manière que vous avez de provoquer les mondains en quête de sensations fortes. Vous les mettez plus bas que terre et ils en redemandent, parce qu'ils ne sont venus que dans un but : apercevoir vos dessous affriolants. Armée d'un fouet, vous obtiendriez des résultats encore meilleurs.

Brittany se retint de sourire devant le portrait dressé par Cairo de sa performance. Elle avait accepté de participer à ce spectacle pour donner un peu plus de grain à moudre aux paparazzis.

— Vous avez un sens critique très développé, ironisa-t-elle.

— Disons que j'apprécie toutes les formes d'art.

— Je ne sais pas ce qui m'étonne le plus. Le fait que vous fréquentiez les « bas-fonds », comme vous les appelez, ou que vous fassiez étalage de ce comportement dans un endroit aussi sélect que Monte-Carlo, au milieu de tous vos admirateurs.

Se penchant vers lui, elle ajouta d'une voix suffisamment forte pour qu'on l'entende :

— Vous devriez faire attention, Votre Altesse. Vous

risquez d'en choquer plus d'un en vous laissant aller à des penchants aussi prosaïques, comme celui de fréquenter des cabarets de seconde zone.

— Je pense que mon comportement ne choque plus personne, éluda Cairo avec un sourire provocant, si j'en crois la presse britannique. En revanche, croyez-vous vraiment que ce retour sur les planches soit un bon investissement pour votre avenir ? Je pensais que votre dernier mariage vous offrirait un destin différent. Dommage que le testament de feu votre époux vous ait été si peu favorable.

Brittany sentit son cœur se serrer dans sa poitrine. La manière dont les héritiers de son dernier mari l'avaient publiquement humiliée en la chassant de la demeure de leur père la faisait encore grincer des dents. Toutefois, elle ne s'attendait pas que Cairo se serve de cette arme.

— Je vous demande cela… en ami, renchérit-il avec un sourire narquois.

— Cela m'étonnerait que vous en ayez beaucoup…

Puis, se redressant, elle le gratifia d'un de ces sourires lumineux dont elle avait le secret.

— Cessons de digresser. Sachez que, dans certains cercles, apercevoir mes dessous en dentelle est considéré comme un privilège.

— Allons, mademoiselle Hollis, pas de petits jeux avec moi, rétorqua Cairo. Contrairement à la publicité entourant votre spectacle, vous ne vous déshabillez pas sur scène. Or, le public n'attendait qu'une chose : voir la veuve déchue de Jean-Pierre Archambault nue. Quelle déception !

Brittany haussa délicatement les épaules.

— Je veux bien le croire, surtout pour un homme comme vous, connu pour ses perversions.

Cairo pencha la tête de côté. Son regard s'était durci sous l'attaque. L'air pensif, il dit :

— Quant à vous, vous êtes plutôt connue pour vos décrochages scolaires.

Brittany ne fut pas déconcertée par cette attaque destinée à la remettre à sa place, quelle qu'elle soit. Si elle avait dû y rester, elle mènerait encore une existence misérable au milieu des siens, à Gulfport.

Non merci !

— Au même titre que vous, rétorqua-t-elle d'un ton doucereux, à moins qu'on appelle autrement dans votre milieu le fait de changer de pensionnat privé tous les trois mois. Ce n'était sûrement pas dû à des résultats époustouflants. Combien en avez-vous fréquentés déjà ? Six ?

Brittany tenait à prouver par ses propos qu'elle aussi avait accès à Internet.

Sans laisser à Cairo le temps de riposter, elle poursuivit sur sa lancée.

— Je sais que les puissants de ce monde font leurs propres lois. Quoi qu'il en soit, il semble qu'avec vos multiples expulsions vous avez dû, tout comme moi, vous en sortir dans la vie sans trop de qualifications. Nous nous ressemblons, finalement.

Il lui sembla lire une étincelle d'admiration dans le regard de braise de Cairo. Mais elle disparut, très vite remplacée par une expression ironique.

— Que puis-je avoir en commun avec une fugueuse de seize ans qui n'a rien trouvé de mieux que de se marier à un… à un…

Cairo s'interrompit, hésitant sur le qualificatif à employer à l'égard du premier mari de Brittany.

— Darryl était une échappatoire, un moyen de quitter la ville de Gulfport, Mississippi. Croyez-moi, vous ne faites pas la fine bouche quand l'occasion de vous enfuir vous est offerte. Même si cela suppose de suivre un raté qui s'adonne à la drogue. Ce n'est pas le genre de choix auquel vous avez été confronté. J'imagine qu'avoir été dorloté au sein d'une famille richissime vous a préservé des vicissitudes de ce bas monde.

Brittany avait à dessein omis d'évoquer l'exil de Cairo, le meurtre des siens, préférant mettre l'accent sur la fortune de cette famille royale qui possédait des résidences de luxe partout dans le monde.

De son côté, Brittany avait dû se battre pour survivre et pour ne jamais retourner dans la caravane de sa mère.

— Votre deuxième mari vous correspondait davantage, reprit Cairo. Vous et lui aviez acquis une certaine notoriété après votre participation à cette épouvantable émission de télévision, n'est-ce pas ?

— *Les Coulisses de Hollywood* a duré deux saisons, et contrairement à ce que vous dites, cette émission de télé-réalité faisait partie des moins mauvaises.

— Dans sa catégorie peut-être…

— L'émouvante histoire d'amour entre Chaz et Mariella intéressait les spectateurs. Carlos et moi n'étions là que pour pimenter l'aventure.

— Ah oui ! Dans les rôles principaux, il y avait cet artiste tatoueur et cette secrétaire paroissiale qui le pressait de suivre son cœur et de devenir peintre paysagiste ! Quelle idiotie !

— Il est très facile de porter des jugements sur les autres du haut de votre tour d'ivoire.

Tout avait été fabriqué de toutes pièces pour les besoins de l'émission. Le producteur recherchant un couple marié pour jouer dans la série, Carlos et Brittany n'avaient pas hésité un seul instant à sauter le pas. Tous deux désiraient ardemment quitter le Texas. Après avoir subi le comportement violent de Darryl, Brittany ne voyait plus l'institution sacrée du mariage sous le même jour. C'est pourquoi elle avait accepté d'épouser Carlos, un acteur qu'elle connaissait bien et qui avait acquis, tout comme elle, une certaine notoriété dans le monde de la télé-réalité. Quand l'émission avait commencé à connaître des baisses d'audience, Brittany et Carlos s'étaient séparés dans le but de provoquer un regain d'intérêt pour le programme.

Haussant les sourcils, elle planta son regard dans celui de Cairo.

— Je n'aurais jamais imaginé que vous puissiez être fan de cette émission, ou de n'importe quelle autre d'ailleurs. Les personnes qui évoluent dans votre sphère prétendent en général lire Proust.

— Je passe beaucoup de temps en avion, pas dans des tours d'ivoire et rarement en compagnie de Proust, objecta Cairo avec un sourire amusé. Quelle intensité dramatique dans votre performance ! Vous, la stripteaseuse sans cœur qui refusait de quitter cette boîte de nuit sordide et Carlos, votre mari aimant, qui vous demeurait fidèle alors que vous le trompiez éhontément.

Brittany lui offrit son plus beau sourire, celui qu'elle réservait aux médias pour contrer leurs attaques.

— Je suis une personne affreuse, approuva-t-elle avec assurance. Si la télévision le dit, c'est probablement vrai. À ce propos, ne vous ai-je pas aperçu à la une de ce tabloïd la semaine dernière ? Il me semble avoir lu quelque chose au sujet d'un week-end aux Maldives et de déboires que vous auriez causés à une malheureuse héritière.

Eludant la question, Cairo demanda :

— Dites-moi… Étiez-vous toujours mariée à Carlos quand vous avez rencontré Jean-Pierre ?

Brittany partit d'un grand rire qui sonna faux, même à ses propres oreilles.

— Je crois que vous confondez mon CV avec le vôtre !

— Et puisque nous parlons de Jean-Pierre, paix à son âme, qu'est-ce qui a bien pu vous rapprocher ? Un vieil homme confiné dans un fauteuil roulant au seuil de la mort…

— Nous avions un intérêt commun pour les sciences appliquées, bien sûr. Quoi d'autre ?

— Un intérêt que ses enfants ne partageaient visiblement pas, vu la manière dont ils vous ont éjectée du château de leur père au moment de sa mort. Ils s'en sont même vantés devant la presse. Quelle honte !

— Votre invitation ne mentionnait pas un échange sur nos biographies respectives, remarqua Brittany sans se soucier des regards portés sur elle. Je ne m'y suis pas préparée du tout… Attendez un instant.

Fourrant son sac à main sous son bras, elle arbora un air pensif et se mit à compter sur ses doigts.

— Voyons voir… Un, sang royal… Deux, pas de trône… Trois, des centaines de maîtresses… Quatre, des scandales à foison… Il ne se passe pas un jour de la semaine sans que vous apparaissiez dans les journaux.

— Mademoiselle Hollis, protesta Cairo en se levant de son fauteuil.

Se rapprochant de Brittany, il posa un doigt sur son épaule puis le laissa glisser sur sa peau nue jusqu'à son décolleté. À ce contact, elle frémit, mais ne bougea pas d'un pouce.

— Franchement, vous me flattez.

Sa voix au timbre chaud la transperça. Son cœur se mit à battre follement ; sa peau la brûlait à l'endroit où s'était arrêté le doigt de Cairo.

Jamais un homme n'avait déclenché en elle de telles sensations, et la manière dont elle réagissait à son contact l'effrayait au plus haut point. Le fait qu'elle ait oublié que tous deux se trouvaient dans un lieu public l'inquiétait, même si le lieu en question abritait une cour d'admirateurs venus précisément dans le but de recevoir quelques miettes d'attention.

Il fallait à tout prix qu'elle se concentre sur son objectif. Elle ne laisserait pas cet homme extravagant, provocateur, contrecarrer ses plans. Pas plus qu'elle ne l'autoriserait à détruire son rêve. Puisqu'elle avait accepté son invitation, elle irait au bout de sa démarche.

— Votre *Presque* Majesté, protesta-t-elle d'un air faussement choqué tout en se rapprochant de Cairo, seriez-vous en train de me draguer ?

2.

Quelques minutes plus tard, planté devant la baie vitrée de sa suite donnant sur le petit port de Monaco, Cairo tournait le dos à cette Américaine déconcertante dont il venait de faire la connaissance. Il apercevait son reflet dans les vitres et s'étonnait du calme qu'elle manifestait alors que lui-même sentait son sang bouillir dans ses veines.

Rien ne s'était passé comme il l'avait prévu. Brittany Hollis ne ressemblait pas au portrait qu'il s'en était fait. Quand il l'avait découverte dans cette stupide émission de télévision, elle offrait l'image vulgaire d'une danseuse de cabaret. S'il avait arrêté son choix sur elle, c'était parce qu'elle correspondait en tout point à ses attentes. On verrait en elle une femme dont la vie se résumait à débusquer des hommes riches et à les dépouiller de leur fortune. Mais à aucun moment, il ne s'était attendu qu'elle manifeste une telle vivacité d'esprit. Il avait espéré rencontrer une femme gauche, offrant un spectacle affligeant en public. La personne idéale pour lui, un homme sans honneur, banni de son royaume. Il ne méritait pas mieux, s'était-il dit amèrement la fois où il avait vu Brittany danser.

Mais la femme qui lui était apparue ce soir lui avait causé un choc. Des cheveux aux reflets de feu, des yeux noisette brillants d'intelligence. Croiser son regard lui avait fait l'effet d'une bombe.

Il ne comprenait toujours pas ce qui lui arrivait. À présent, il devait gérer cette situation inédite.

— M'auriez-vous attirée dans votre suite pour me montrer vos estampes japonaises, *Votre Altesse Séductrice* ? demanda Brittany d'un ton si désabusé qu'il toucha une corde sensible en lui.

Pourtant, rien ne l'affectait plus depuis bien longtemps. Personne n'était jamais parvenu à briser la carapace dont il s'entourait depuis le jour où il avait perdu toute sa famille et dû s'exiler pour ne pas connaître le même sort. Le général Estes, chef autoproclamé de Santa Domini, s'était montré très clair : si Cairo cherchait à regagner le trône de ses ancêtres, il connaîtrait le même sort que les siens.

Que cette femme représente la candidate idéale ne faisait aucun doute. Cairo s'était rendu à cette évidence lorsque Ricardo, son chef de la sécurité, lui avait montré une photo de Brittany. Il n'avait pas eu besoin de lui dire quoi que ce soit sur cette rousse magnifique, sexy en diable, au regard mystérieux. Elle avait aussitôt attisé sa curiosité. C'est pourquoi il s'était rendu incognito à l'un de ses spectacles à Paris pour en avoir le cœur net. Comme le reste du public, il avait été fasciné par sa performance sur scène, cette manière de défier l'assemblée avec arrogance tout en évoluant avec une grâce inouïe.

Il avait envoyé l'invitation par l'intermédiaire de l'un de ses aides tout en continuant à interviewer d'autres candidates, mais comparées à Brittany toutes lui avaient paru bien fades. Puis, lorsqu'il avait eu connaissance de tous les détails de sa vie, il l'avait trouvée encore plus attirante. C'était le pire choix, donc le meilleur aux yeux de Cairo, un homme que certains rêvaient encore de voir devenir roi.

Le général Estes avait détrôné son père lorsqu'il était encore enfant, mais les années écoulées n'avaient pas éteint la fougue des loyalistes. Ces derniers risquaient de rendre la situation explosive. Personne n'était à l'abri, ni Cairo ni le peuple de Santa Domini, qui ne méritait pas un nouveau coup d'État sanglant. Les loyalistes refusaient d'admettre qu'il n'y avait rien de bon en lui, alors que Cairo avait tout mis en œuvre pour nuire à sa réputation. S'adjoindre les services d'une stripteaseuse américaine sans scrupule faisait partie de ses plans pour faire oublier à tout jamais ses prestigieuses origines.

Se tournant vers Brittany, il l'observa. Assise confortablement dans son fauteuil, elle faisait tourner le vin dans son verre.

Il s'attendait à la trouver attirante, à éprouver du désir pour elle — il était un homme après tout —, mais il n'avait pas imaginé qu'elle serait dotée d'un esprit aussi vif et aiguisé. Le simple fait de la regarder éveillait en lui des sensations troublantes.

Plus étonnant encore, il la trouvait divertissante. Avec le recul, il se rendait compte que ses performances sur scène ou ses photos ne lui rendaient pas justice. Il s'interrogeait à présent sur la pertinence de ce mariage auquel il avait songé. La raison lui soufflait d'abandonner cette idée. Il n'avait pas besoin de complications supplémentaires dans sa vie. Or, cette femme risquait d'en représenter une de taille.

Elle était bien plus qu'une splendide créature dénichée dans un cabaret, et beaucoup plus sophistiquée qu'une danseuse de boîte de nuit. Au lieu de déparer au milieu des splendeurs de Monaco, elle brillait…

Et Cairo éprouvait le plus grand mal à garder le contrôle de ses émotions. Chose qui ne lui était plus jamais arrivée après la perte des siens. Pis encore, il ne savait pas comment interpréter ce qu'il ressentait.

— Sommes-nous censés nous regarder en chiens de faïence pendant des heures, *Votre Altesse Silencieuse* ? demanda Brittany d'un ton ironique. Est-ce ainsi que les choses se passent dans votre monde ? J'ignorais que les intrigues royales étaient aussi ennuyeuses.

Il était grand temps pour Cairo de reprendre le contrôle de la situation avant qu'elle lui échappe. Se redressant de toute sa hauteur, il épousseta inutilement l'une de ses manches et planta son regard dans celui de Brittany.

— Bien sûr qu'elles le sont, convint-il. C'est la raison pour laquelle les rois fomentent des complots ou provoquent des guerres. Pour vaincre leur ennui.

— On se demande pourquoi votre famille a été chassée de son pays…

Cairo était depuis longtemps immunisé contre les attaques visant sa famille. Il était passé maître dans l'art de feindre l'indifférence lorsqu'il était question de son sang, de son héritage ou de son peuple. Plus rien ne l'affectait, du moins le croyait-on.

Il avait enfoui au plus profond de lui les souvenirs de son enfance, chassé les images qui parfois venaient le tourmenter. Il lui arrivait toutefois de revoir en rêve le cadre majestueux dans lequel il avait grandi, les splendides œuvres d'art qui ornaient les murs du château. Quand il lui semblait entendre le vent siffler entre les murs fortifiés, il se bouchait les oreilles. Le traumatisme vécu la nuit où sa famille et lui avaient fui les bouchers du général Estes avait laissé des traces indélébiles dans son cœur.

Depuis, il refusait de penser au rire chaleureux de son père ou aux mains si douces de sa mère, tous deux disparus à jamais. De même qu'il avait chassé le souvenir de sa petite sœur, Magdalena, si gaie, si vive.

Les remparts qu'il avait érigés autour de lui étaient infranchissables. Et il s'était juré de ne jamais laisser personne l'approcher d'assez près pour donner au général Estes d'autres occasions de lui nuire…

Seigneur ! songea-t-il soudain avec stupeur. Pourquoi Brittany avait-elle réveillé en lui de telles pensées ?

De nouveau, il l'observa avec attention. Elle avait

un port de tête élégant, une peau satinée, une bouche pulpeuse et bien dessinée. Son chignon artistiquement arrangé sur le haut de sa tête lui conférait une classe inouïe. Elle était beaucoup plus belle au naturel que sur les photos qu'il avait pu voir. Et beaucoup plus captivante que lors de ses apparitions scandaleuses, sur scène.

De nouveau, une émotion fugace le saisit, comme la première fois qu'il avait découvert son portrait. Il la chassa pour mieux se concentrer sur son objectif. Il n'était pas question de renoncer à son projet, sinon autant se rendre au général pour qu'il l'exécute en bonne et due forme.

Il regrettait parfois d'avoir survécu aux siens. Tout aurait été plus simple s'il s'était trouvé à bord de leur voiture lorsque celle-ci avait été propulsée dans un ravin…

Se forçant à revenir au moment présent, il dit :

— Vous êtes très jolie.

— Je vous remercierais volontiers, mais je doute qu'il s'agisse d'un compliment, *Votre Altesse Hypocrite*.

— Je suis surpris, voilà tout. Je pensais vous trouver attirante, bien sûr, comme toutes les femmes qui exercent votre profession.

Brittany lui offrit un sourire hautain, teinté d'ironie.

— Ma profession ?

— Danseuse, star de la télé-réalité, opportuniste, à vous de me dire…

Le sourire de Brittany s'élargit. Caressant du bout des doigts le bord de son verre, elle pencha la tête de côté en plissant les yeux.

— J'aime assez le terme « opportuniste », répondit-elle pensivement. Allez-vous enfin me dire pourquoi je suis là ?

— Pas de « Votre Majesté-je-ne-sais-quoi » cette fois-ci ?

— Ma créativité faiblit à mesure que mon intérêt diminue.

Brittany déposa son verre sur la table devant elle, puis s'adossa à son fauteuil. Après un long silence, elle ajouta :

— Monte-Carlo ne me correspond pas. Je ne suis pas joueuse. Je n'aime pas les risques et je déteste m'ennuyer.

— Vous ne ressemblez pas à une personne qui s'ennuie. Mais je me trompe, sans doute.

— Je me sens même un peu… écœurée. Je ne sais pas pourquoi.

Cairo enfonça ses mains dans ses poches. Il l'observa attentivement avant de déclarer :

— Peut-être n'aimez-vous pas les appartements de luxe avec vue imprenable sur la côte… Ou moi-même. Pourtant, je pense pouvoir dire, sans fausse modestie, que les deux valent le coup d'œil.

— Il se peut que je n'apprécie pas les enfants gâtés qui me font perdre mon temps. Et qui ont une si haute opinion de leur physique qu'ils passent leur temps à l'exposer dans les magazines. Cela fait vingt ans que vous figurez en bonne place dans les journaux à scandale. Cela m'indiffère autant qu'un bol de céréales.

— Je ne trouve pas la comparaison très flatteuse.

— Pourtant, elle est vraie.

— Un homme moins sûr de lui que je ne le suis et dépourvu de miroir pourrait se sentir blessé, mademoiselle Hollis.

— Oh ! Je suis sûre que vous avez matière à vous rassurer, vu le nombre de surfaces réfléchissantes que compte cette suite. Mais nous nous éloignons du sujet qui nous occupe. Je ne connais toujours pas la raison de ma présence ici.

Cairo n'avait pas encore décidé de la manière dont il présenterait son projet à la candidate choisie pour devenir sa femme. Il avait décidé de se marier pour éviter une révolution dans son pays. Devait-il opter pour l'honnêteté et dire la vérité à Brittany ? Peut-être qu'avec un peu d'humour noir, le tour serait joué…

— J'ai une proposition à vous faire, finit-il par avouer.

— J'ignore si je dois me sentir flattée ou insultée, vu que je ne connais pas les autres candidates.

Cairo évoqua une célèbre mondaine italienne connue pour ses frasques avec des oligarques russes et ses séances photo dénudées sur fond de yachts luxueux.

— Insultée, donc, soupira Brittany.

— Certes, elle se situe en deuxième position, mais très loin derrière vous, si cela peut vous rassurer.

Alors qu'il s'attendait qu'elle tombe à ses pieds, subjuguée par son charme et par son titre, cette Américaine étonnante portait sur lui un regard insondable. Il avait l'impression de l'entendre réfléchir. Ses grands yeux noisette le fascinaient.

— Vous ne voulez pas vous marier, en fait, dit-elle finalement. Je suppose que votre future femme aura un rôle précis à jouer, un rôle… plutôt dévastateur. Bien sûr, je suis flattée que vous ayez pensé à moi pour cela. Impossible de rêver mieux comme conte de fées.

Cairo ne put s'empêcher de sourire, malgré lui, mais ce fut d'une voix glacée qu'il répliqua :

— Désolé. Auriez-vous préféré une déclaration d'amour ? Je pourrais jouer le jeu, si vous y tenez. Vous pourriez même y croire, si cela vous aide. Mais c'est un emploi que je vous offre, pas un intermède romantique.

Deux grands yeux noisette le sondèrent pendant une durée qui finit par le déconcerter. Pourtant, il ne pouvait se soustraire à ce regard fascinant.

— Je suis sûre que vous trouverez un terrain d'entente… avec votre second choix, répliqua Brittany en se levant de son fauteuil. Mais attention, votre mondaine italienne est dangereuse. Il paraît qu'elle mord.

Sur ses mots prononcés d'un ton d'ennui profond, elle se redressa de toute sa hauteur, puis se dirigea vers la sortie, sans prendre la peine de saluer son hôte.

*
* *

Au beau milieu du spectacle dans lequel elle se produisait, une sorte d'onde électrique se propagea dans la foule des spectateurs, onde qui l'atteignit à son tour quand elle comprit de quoi il s'agissait.

Chassant son trouble, elle se concentra sur sa performance scénique, une chorégraphie bien rodée qu'elle connaissait par cœur. Sans même l'avoir reconnu dans le noir, elle avait senti la présence de Cairo.

Son arrivée lui fit l'effet d'un tsunami et fit naître mille frissons dans tout son corps. Comme ceux qui la parcouraient la nuit depuis cette soirée à Monaco, chaque fois que ses pensées la ramenaient dans cette suite où, si elle n'avait pas fui…

Seigneur, elle qui n'avait jamais rêvé des mains d'un homme sur son corps, qui ne s'était jamais donnée à personne, connaissait désormais les affres du désir. Plusieurs fois depuis leur rencontre, elle s'était réveillée en sueur, le cœur battant à tout rompre, le corps enfiévré.

Soudain, le bustier ajusté qu'elle portait lui donna le sentiment d'étouffer. Elle avait pleinement conscience de l'image qu'elle renvoyait avec sa jupette pourpre qui laissait entrevoir la peau nue de ses cuisses au-dessus des jarretelles chaque fois qu'elle virevoltait sur la scène au milieu des autres danseurs et danseuses. Elle comprenait mieux maintenant ce que Cairo entendait par « sens du burlesque ».

Quand elle le vit gagner l'unique table demeurée vide et s'y installer, son sang se mit à bouillir dans ses veines. Bientôt, viendrait son tour de se produire seule sur la scène et, pour la première fois, elle appréhenda ce moment où tous les yeux seraient rivés sur elle.

Elle avait accepté de se produire huit semaines dans ce cabaret. Depuis sept semaines, sa performance était conspuée par la presse, mais ce soir elle eut envie de donner le meilleur d'elle-même.

Alors, elle se mit à danser comme jamais elle ne l'avait fait auparavant, avec une fougue inégalée.

Pour lui… Uniquement pour lui…

Oubliant le reste du public, elle laissa son corps s'exprimer avec une sensualité exacerbée, comme si elle briguait le titre de reine d'un harem dont Cairo serait le seigneur. Comme si son but le plus ultime était qu'il n'ait d'yeux que pour elle.

Comme lui, elle avait un talent, un art dans lequel elle excellait : la danse. Sa seule passion dans la vie, à part l'amour qu'elle vouait à sa grand-mère.

Après la réalité brutale de son premier mariage, elle avait suivi son deuxième époux à Hollywood pour finir enfin dans ce cabaret sordide où elle travaillait pour payer ses factures. Jamais elle n'aurait imaginé tomber aussi bas, mais au fond d'elle-même la passion de la danse demeurait intacte. Comme à l'époque où elle s'y adonnait pour oublier la vie misérable qu'elle menait au fin fond du Mississippi.

Alors, elle se mit à voler sur la scène, tournoyant à une allure vertigineuse, jusqu'à ce qu'elle se laisse tomber sur le sol, les bras tendus loin devant elle, le regard rivé à celui de Cairo qui la dévorait des yeux.

Quand les dernières notes se firent entendre, les applaudissements fusèrent dans la salle, des hourras saluèrent sa performance, mais Brittany ne voyait que Cairo, comme s'il était seul au monde.

Lorsque le DJ annonça la suite du spectacle, elle se releva avec souplesse, salua la foule, puis se dirigea vers la table de Cairo en ondulant des hanches. Des sirènes lointaines tintèrent dans son cerveau, la prévenant de l'immense danger qui la menaçait si elle s'approchait de cet homme, mais elle n'en tint pas compte. Pas plus que des commentaires qui fusèrent sur son passage. Il y avait longtemps que plus rien ne l'affectait.

Seul Cairo était parvenu à la blesser lorsqu'il avait

déclaré : « Auriez-vous préféré une déclaration d'amour ? » Le ton désinvolte qu'il avait employé et l'ironie de ses propos lui avaient fait l'effet d'un coup de poignard en plein cœur.

Elle n'avait pas compris pourquoi elle avait si mal réagi…

Et à présent, dans ce costume de scène ridicule qui lui comprimait la poitrine, elle n'avait d'yeux que pour cet homme qui la méprisait. Elle avait l'impression de se noyer dans son regard ténébreux. Ses lèvres sensuelles sur lesquelles jouait un sourire amusé semblaient porteuses d'une promesse à laquelle elle ne pouvait résister.

— C'était parfait, lui dit Cairo en penchant la tête de côté pour mieux la contempler. Quelle performance !

Brittany n'entendit que lui malgré la clameur environnante. Elle devait l'admettre : le reste du monde n'existait plus. Son cœur battait à tout rompre dans sa poitrine. Comment surmonter cette nouvelle confrontation ? Jusqu'ici, aucun homme n'était parvenu à la déstabiliser, aucun sauf celui qui se tenait devant elle, toujours aussi sublime, aussi dévastateur.

— Êtes-vous venu vous encanailler, *Votre Altesse pleine de grâce* ? demanda-t-elle d'un ton provocant. Peut-être ne connaissez-vous pas les règles si loin du rayonnement doré des Champs-Élysées. Pour bénéficier d'une conversation privée, il faut payer.

Le regard de Cairo devint aussi brûlant que la braise. Son sourire se figea un court instant sur ses lèvres, puis il déclara :

— Oh ! Rassurez-vous, j'ai souvent traîné dans des endroits mal famés.

Un long silence suivit cette repartie. Un silence lourd de sous-entendus, de non-dits. Brittany peinait à respirer, comme si l'air s'était soudain raréfié dans ce cabaret surchauffé.

Sans ciller, elle soutint le regard de Cairo. Quand

ce dernier l'invita d'un geste à venir s'asseoir sur ses genoux, un frisson la parcourut.

— Venez, Brittany. Montrez-moi ce que vous savez faire. J'ai de quoi payer !

3.

Son prénom, prononcé par Cairo, lui fit l'effet d'une caresse qui exalta ses sens. Elle sentit ses jambes flageoler sous elle tandis qu'une chaleur torride se répandait dans tout son corps.

Incapable de se soustraire au regard pénétrant de Cairo, Brittany se sentit soudain affreusement vulnérable. Le cœur battant à tout rompre, elle parvint toutefois à afficher un sourire aguicheur. Tout cela n'était qu'un jeu. Elle tenait le rôle que l'on attendait d'elle. Quelle importance après tout si elle n'avait jamais accordé d'audience privée à un client jusqu'ici ?

La situation est différente. Cet homme et moi sommes en guerre, mais c'est moi qui la gagnerai !

— Ne me suis-je pas montrée claire à Monaco ? demanda-t-elle.

Elle avait conscience des regards qui convergeaient sur l'étrange couple qu'ils formaient, alors que tous les spectateurs auraient dû se concentrer sur la scène où se produisaient d'autres danseurs et danseuses. En temps normal, elle n'aurait jamais causé ce genre de perturbation. Mais l'attitude arrogante de Cairo la rendait vindicative.

— Je pensais pourtant que le message était clair quand je suis partie sans même un au revoir, insista-t-elle devant son silence.

— Je l'ai interprété comme une ruse, répliqua-t-il sur un ton toujours aussi suave. J'ai pensé que mieux valait venir vous retrouver ici pour parler un langage que vous comprenez.

— Plutôt qu'en des termes pompeux, comme ceux que l'on utilise dans votre milieu ? Ne vous en faites pas, je sais m'adapter.

Cairo garda un instant le silence. Les yeux toujours braqués sur elle, il sortit de la poche intérieure de sa veste un portefeuille rempli de billets de cinq cents euros. Sans même regarder ce qu'il faisait, il déposa un premier billet sur la table, puis un deuxième, puis encore un autre.

— Qui croyez-vous impressionner avec votre fortune ? siffla Brittany entre ses dents. Pas moi, en tout cas !

Toujours silencieux, Cairo continua d'ajouter des billets sur la pile.

Laissant échapper un soupir exaspéré, elle ajouta :

— Dites-moi… J'espère que vous ne me prenez pas pour une prostituée !

Cairo afficha un sourire amusé sur ses lèvres.

— Certainement pas ! Vos tarifs sont beaucoup trop élevés, et ce qui vous intéresse c'est le long terme, si je me réfère à votre expérience matrimoniale. Vous n'êtes pas du genre à accepter un rendez-vous à la sauvette dans une allée obscure.

— C'est exact, acquiesça Brittany, se retenant de gifler cet homme odieux. Mais je n'ai aucune intention de prononcer le moindre vœu avec vous.

Le sourire de Cairo se fit sardonique.

— Très bien, dans ce cas, je me contenterai d'une *lap dance*.

Brittany détourna les yeux un instant et vit que le propriétaire du cabaret, posté près de la scène, lui enjoignait furieusement de s'asseoir. Un nouveau numéro venait de commencer, mais l'attention du public laissait à désirer.

Elle aurait pu, comme à Monaco, tourner les talons et

faire comme si cet homme était un inconnu. Le planter là et ne plus jamais penser à lui.

Sans même se rendre compte de ce qu'elle faisait, elle prit place sur l'accoudoir du fauteuil de Cairo. Le visage tourné vers lui, elle afficha une expression digne des strip-teaseuses aguerries.

— Je ne fais pas de *lap dance*, répliqua-t-elle avec une moue de regret.

Cairo arbora une expression victorieuse, mais elle n'avait pas dit son dernier mot, même si elle avait conscience d'avoir perdu un peu de terrain sur lui.

— En revanche, je suis d'accord pour vous délester de tous ces billets. Je pense que vous en avez beaucoup trop.

Cairo haussa les épaules, manifestant ainsi le peu d'importance qu'il accordait à la petite fortune posée sur la table, devant lui.

Qu'était-ce par rapport aux millions qu'il brassait ?

— Tout ce que je veux, c'est une danse, insista-t-il d'une voix grave.

Seigneur ! Il était trop près d'elle, bien trop près. La distance de sécurité que Brittany avait su préserver à Monaco n'était plus respectée.

Les accoudoirs des fauteuils avaient été conçus pour permettre aux danseuses de venir s'asseoir dessus quand les clients en manifestaient le désir. Heureusement, ils étaient assez larges pour éviter tout contact physique. Contact que Brittany ne voulait pas, n'avait même jamais voulu… avec aucun homme.

Elle sentait toutefois la chaleur qui émanait de lui, avait pleinement conscience du peu de distance qui les séparait.

Quand soudain, la prenant au dépourvu, il posa un doigt sur le haut de sa cuisse au-dessus du porte-jarretelles et le fit glisser sur sa peau nue, un frisson la parcourut tout entière.

Elle eut envie de se lever d'un bond, de frapper cette

main importune qui offensait la jeune femme vierge qu'elle était, mais agir ainsi aurait mis la puce à l'oreille de son trop séduisant visiteur.

Alors, elle demeura parfaitement immobile, retenant son souffle, tout en ayant conscience de la terrible erreur qu'elle commettait.

Sa plus grande frayeur devenait réalité, et pourtant elle ne bougea pas d'un pouce.

— Peut-être souhaitez-vous que nous allions dans une salle privée ? suggéra Cairo d'une voix de velours. Est-ce ainsi que vous vendez des prestations complémentaires, mademoiselle Hollis ?

Levant les yeux du dessin que traçait le doigt de Cairo sur sa cuisse, Brittany se demanda ce qui l'avait sortie de sa torpeur : le sous-entendu insultant ou le fait qu'il l'appelle à nouveau « mademoiselle Hollis ».

La dernière chose qu'elle souhaitait était de se retrouver seule dans une pièce en compagnie de cet homme. Elle savait qu'elle ne pouvait pas lui faire confiance, pas plus qu'elle ne pouvait avoir confiance en elle-même.

— Je ne crois pas, non, s'entendit-elle dire d'une voix qu'elle ne reconnut pas.

Une étincelle brilla dans le regard de Cairo, l'expression de son visage changea, puis, soudain, sans qu'elle puisse esquisser le moindre geste pour l'en empêcher, elle se retrouva assise sur ses genoux, lovée contre lui.

Elle eut envie de hurler, de se débattre, mais deux bras puissants la retinrent prisonnière. Une chaleur intense l'enveloppa.

C'était la première fois de sa vie que le désir s'insinuait dans ses veines.

Elle était en proie à un tourbillon d'émotions qui l'empêchait de respirer, de réfléchir. Les mots de protestation restaient bloqués dans sa gorge.

Le visage de Cairo frôlait le sien, son souffle chaud lui caressait la peau.

Quand enfin, elle retrouva l'usage de la parole, elle murmura :

— Vous feriez mieux de me laisser tranquille… Les agents de sécurité voient d'un mauvais œil les clients qui collent d'un peu trop près les danseuses.

Les lèvres de Cairo s'approchèrent dangereusement des siennes, ses cheveux indisciplinés lui caressèrent la joue quand il répliqua :

— Quand comprendrez-vous que les règles ne s'appliquent pas à moi et que je suis habitué à obtenir ce que je veux ?

— Vous n'aurez pas de… danse, protesta-t-elle d'une voix éraillée, le cœur battant follement dans sa poitrine. Et je ne vous épouserai pas non plus. Je ne vous aime pas.

— Vous ne m'aimez pas ? Quelle importance ? Et quel est le rapport avec ce qui se passe entre nous à cet instant précis ? objecta-t-il d'une voix rauque. Il ne s'agit pas de *ça*.

Et sa bouche happa la sienne.

Il n'aurait jamais dû goûter aux lèvres de cette femme…

Il avait commis une succession d'erreurs dont il mesurait la portée désormais. Tout cela parce qu'il n'avait pas supporté qu'une simple danseuse de cabaret ait décliné son offre. Il aurait dû l'oublier dès l'instant où la porte de sa suite à Monaco s'était refermée sur elle. Cette situation absurde aurait dû le faire rire et non le mettre dans une colère noire.

Mais la fascination qu'avait exercée Brittany sur lui l'avait poussé à revenir dans ce cabaret minable…

— Le monde est plein de femmes peu convenables, avait souligné Ricardo plus tôt dans la soirée. C'est d'ailleurs ce qui en fait le charme.

— Sans doute, mais je suis à la recherche d'un type

bien précis de femme, avait répliqué Cairo qui n'avait cessé de penser à Brittany depuis son retour de Monaco.

Pour être tout à fait honnête, il savait que d'autres candidates auraient pu faire l'affaire, mais il n'avait pas supporté le rejet de Brittany, qu'il avait vécu comme un affront.

Ricardo ne s'y était pas trompé, c'est pourquoi il n'avait pas cherché à le retenir lorsque Cairo avait décidé de retourner dans le cabaret où elle se produisait.

Et à présent, cette succession d'erreurs l'avait conduit vers l'irréparable. La femme qu'il tenait dans ses bras lui offrait la plus sublime des tentations. La saveur exquise de ses lèvres, le grain soyeux de sa peau, ses seins pressés contre son torse, ses longues jambes merveilleusement galbées sur les siennes… Comment résister ?

Cairo n'était qu'un homme après tout. La femme sur ses genoux portait un corset pourpre et une jupe pour tous vêtements. À l'idée de les lui arracher, il sentit son excitation monter d'un cran.

Pressant sa bouche contre la sienne, il l'embrassa avec une fougue inégalée, laissant le feu se répandre dans son corps.

Il ne fut pas surpris quand elle s'arracha à son baiser, mais resserra son étreinte pour l'empêcher de fuir.

— Je ne veux rien avoir à faire avec vous, siffla-t-elle en le fusillant du regard.

— Bien sûr que non, répliqua-t-il, ses lèvres frôlant les siennes. C'est évident, vu la manière dont vous m'embrassez.

De nouveau, il happa ses lèvres exquises sans qu'elle oppose la moindre résistance. D'une main, il défit son chignon et glissa ses doigts dans ses longs cheveux de soie. Quand elle s'écarta pour reprendre son souffle, il fut subjugué par son regard éperdu, qui reflétait un désarroi qu'elle peinait à masquer, et il savoura sa victoire.

— Vous… Vous n'avez pas le droit de faire ça, murmura-t-elle d'une voix tremblante.

Curieusement, il eut le sentiment de découvrir la vraie Brittany. Une jeune personne beaucoup plus fragile qu'elle ne le laissait paraître. Un soupçon de culpabilité le saisit quand elle ajouta :

— Vous le savez, j'en suis sûre…

Se forçant à l'ironie, il répliqua :

— C'est mal me connaître, *cara*. Je suis le dernier des Santa Domini. Pour certains, je suis encore un roi. Je peux donc faire ce que je veux.

— Non, pas avec moi…

S'arrachant à son étreinte, Brittany se redressa.

— Je ne veux rien savoir de vos histoires de trône perdu. Ma vie est assez compliquée comme cela.

— M'épouser la rendrait plus simple.

— Bien sûr ! Car vous êtes l'homme *le plus simple* de la création.

Malgré le ton dur employé par Brittany, il perçut le trouble qui l'agitait.

— Je veux être en vous, *cara*, murmura-t-il en l'attirant à nouveau dans ses bras. Profondément… Intensément. Je veux que nos deux corps fusionnent, se confondent. Un même feu nous consume, vous ne pouvez le nier, un feu que nous sommes les seuls à pouvoir éteindre.

Son visage était si proche du sien qu'il pouvait voir ses pupilles se dilater sous l'effet de l'émotion. Ses mains étreignaient ses formes pleines, il sentait ses seins se gonfler à chaque inspiration, il percevait la chaleur de son corps, la délicate fragrance de son parfum enivrant, le désir qui pulsait dans ses veines.

— C'est impossible… Vous êtes un roi en exil et moi… une danseuse de cabaret.

Son ton amer ne lui échappa pas, comme si une blessure profonde venait de se raviver en elle.

— Et alors ?

— Vous apparaissez régulièrement à la une des journaux…

— Comme vous, dans un registre différent. Pourquoi ne pas continuer à donner à la presse cc qu'elle attend ?

— Je sais très exactement ce que je veux. Et je ne veux pas partager votre lit !

Brittany tenta de se redresser à nouveau, mais dans son mouvement elle sentit le sexe dur de Cairo sous ses cuisses. Aussitôt, elle se figea.

— Les mots que vous utilisez et votre langage corporel sont en parfaite contradiction.

— C'est parce que je suis prise au piège ! C'est vous qui me retenez !

— Je ne vous retiens pas de force et vous le savez.

Il planta son regard dans le sien, puis ajouta :

— Nous sommes dans un endroit public… À votre avis, combien de personnes nous regardent au lieu de contempler le spectacle sur la scène ?

— Tout le monde… Vous avez tout fait pour qu'il en soit ainsi.

— Si je glissais mes doigts un peu plus haut sur votre peau nue, comme ceci… Croyez-vous qu'ils détourneront les yeux ?

Quand sa main frôla la dentelle qui bordait sa culotte, Brittany retint son souffle.

— Et si ma main s'aventurait entre vos cuisses, que feriez-vous ? Autoriseriez-vous le public à me regarder vous caresser ou vous rapprocheriez-vous de moi pour leur cacher mon geste ?

— Ni l'un ni l'autre, protesta-t-elle.

Sa voix n'était plus qu'un souffle tant l'émotion qui la submergeait était intense.

— Je vais me lever… Et retourner travailler, ajouta-t-elle avec un peu plus de conviction.

— Travailler ?

Cairo éclata de rire tout en jouant avec la dentelle de

sa culotte. À la rougeur qui envahit les joues de Brittany, il comprit à quel point cette caresse à peine ébauchée la bouleversait.

— Cet endroit est une insulte à la mémoire de votre défunt mari et à sa famille, reprit Cairo quand il eut repris son sérieux. Ce que vous faites ne s'appelle pas travailler.

Le regard de Brittany se durcit sous l'insinuation.

— Allez-y, traitez-moi de prostituée ! Ma mère a utilisé ce terme si souvent pour parler de moi qu'il ne me fait plus le moindre effet.

— Alors, épousez-moi, dit-il farouchement. Et nous verrons quels termes votre mère utilisera pour parler de ma reine.

— Rien ne la fera changer d'avis sur moi. Il y a longtemps que son opinion s'est forgée.

Il ne perçut aucune amertume dans les propos de Brittany cette fois. Elle énonçait un simple fait auquel elle n'accordait pas la moindre importance.

Curieusement, ce qu'elle venait d'exprimer toucha une corde sensible en lui. Il ne savait rien d'elle ni de son passé, mais devinait une fracture, une blessure profonde…

— Sachez que votre proposition m'honore, reprit-elle avec ironie. Mais mon carnet de bal est plein.

Sur ces mots, elle se dégagea de son étreinte et se leva.

Cairo ressentit un grand vide en la laissant s'échapper, mais il ne pouvait décemment la retenir plus longtemps contre son gré.

Plantée devant lui, elle le contempla longuement. Ses longs cheveux tombaient en boucles désordonnées sur ses épaules. Elle avait les joues rouges, les yeux flamboyants. Fasciné, Cairo embrassa sa silhouette du regard. Il la désirait comme un fou. Un jour, elle serait sienne, se promit-il farouchement.

Aucune candidate ne serait jamais en mesure de l'égaler. Il la voulait comme épouse. Elle serait la reine idéale pour décourager tous ceux qui voulaient remettre Cairo sur le trône… Peu importait qu'il ait perdu son royaume, il n'en demeurait pas moins un roi habitué à obtenir ce qu'il voulait. Le sang des Santa Domini qui coulait dans ses veines depuis plus de cinq générations avait fait de lui un homme puissant, autoritaire, sûr de lui.

— Vous ne m'aurez pas, persista Brittany, comme si elle avait lu dans ses pensées.

— Pauvre écervelée, la railla-t-il en la dévisageant intensément. Ne comprenez-vous pas que votre résistance attise encore plus mon désir ?

— Dans ce cas, il faudra vous résigner à ne pas obtenir ce que vous voulez.

— C'est mal me connaître, *cara*. Jamais je ne déclare forfait.

Brittany se réveilla très tard le lendemain matin dans son appartement situé au quatrième étage sans ascenseur d'une vieille demeure bâtie en plein cœur de Montmartre. Son logement avait beau être minuscule, il offrait une vue imprenable sur les toits de Paris et sur le Sacré-Cœur. Elle avait pris l'habitude de l'admirer depuis la fenêtre de sa cuisine et ne se lassait pas de ce spectacle.

En prenant son petit déjeuner, elle s'efforça de ne pas penser aux événements survenus la veille ni aux rêves qui l'avaient empêchée de dormir du sommeil du juste. Toute la nuit, elle s'était retournée dans son lit pour oublier Cairo et l'effet produit sur elle par ses baisers, ses mains sur sa peau.

Ce matin encore, elle était en proie à un trouble dont elle ne comprenait pas l'origine. Ses sens en tumulte ne la laissaient pas en paix. Ses seins étaient douloureux et des ondes de chaleur lui parcouraient tout le corps chaque fois que ses pensées la ramenaient à la nuit précédente.

Son corps, qui était supposé lui appartenir, elle n'en

maîtrisait plus les réactions. Pourtant, jusqu'ici il était demeuré une forteresse inviolée. Elle ne s'était jamais donnée à son ivrogne de premier mari. Elle l'avait fui et s'était promis de ne jamais laisser quiconque la toucher contre sa volonté.

Pourtant, la veille au soir, elle n'avait pas su résister aux baisers de Cairo. Sa volonté s'était émoussée entre ses bras, sous ses caresses. Son corps avait refusé d'obéir à la raison qui lui commandait de fuir cet homme dangereux. Et aujourd'hui, elle en payait le prix…

Pour chasser le trouble qui l'habitait encore, elle décida de prendre une longue douche puis d'aller se dépenser dans son club de gymnastique comme elle le faisait chaque jour.

Hélas ! elle eut beau s'épuiser sur le tapis de course, rien n'y fit : les souvenirs de la veille la hantèrent pendant tout son entraînement. C'est pourquoi elle rentra chez elle dans une humeur noire qui s'assombrit encore quand elle vit que sa mère l'avait appelée trois fois sur son téléphone portable pendant son absence.

Alors qu'elle faisait défiler les messages de sa boîte mail, son téléphone se mit à sonner : sa mère tentait de nouveau de la joindre.

Un frisson glacé la parcourut. La dernière fois que sa mère avait manifesté une telle insistance, c'était après la parution d'une interview de ses beaux-enfants. Ces derniers, assez vieux pour être ses parents, comme Brittany et Jean-Pierre s'en amusaient parfois, avaient relaté dans la presse la manière dont ils s'y étaient pris pour chasser de leur maison la croqueuse de diamants que leur père avait commis l'erreur d'épouser.

La mère de Brittany n'avait pas téléphoné pour réconforter sa fille salie par les paparazzis, mais pour lui reprocher d'humilier tout le clan des Hollis par son comportement indigne.

« Qu'attends-tu de moi, maman : que je manifeste de

la honte ou que je continue à te payer ton loyer ? » avait demandé Brittany sur un ton glacial.

Combien de fois s'était-elle promis de ne plus jamais répondre à sa mère depuis cet épisodc ? Un jour elle s'y résoudrait. Quand elle aurait enfin compris que sa mère ne voyait en elle qu'une source de revenus, quand elle aurait définitivement intégré que la femme qui lui avait donné la vie ne l'aimait pas, ne l'aimerait jamais.

Oui, un jour, elle serait en mesure de tirer un trait…

Peut-être ce jour était-il arrivé, songea-t-elle soudain en contemplant son téléphone.

Elle le laissa sonner puis basculer sur sa boîte vocale et brancha son ordinateur portable. Elle n'eut pas besoin de consulter Google pour tomber sur les gros titres des journaux à scandale.

Une strip-teaseuse bientôt reine ?

Cairo tombera-t-il encore plus bas ?

Brittany, la veuve noire, sévit à nouveau !

Son cœur bondit dans sa poitrine quand elle cliqua sur le premier article.

C'était encore pire que ce à quoi elle s'attendait.

Quelqu'un avait pris une série de photos la veille au soir dans le cabaret où elle se produisait. Des clichés qui lui parurent encore plus sordides qu'elle l'avait cru. À les regarder, on pouvait imaginer que Cairo s'était offert ses services pour la soirée… Sans doute l'article avait-il été rédigé dans ce sens.

Elle se sentit soudain trahie. Non pas par Cairo Santa Domini, cet homme au charme ravageur, mais par elle-même. Elle aurait dû se douter du risque qu'elle prenait en approchant ce séducteur d'un peu trop près. Il avait laissé une marque indélébile dans son cœur.

Il avait marqué sa chair au fer rouge…

Comment avait-elle pu imaginer que la presse à

scandale ne relayerait pas leurs étreintes torrides ? Les paparazzis savaient se rendre discrets. Il se pouvait même que Cairo ait tout orchestré. Peut-être avait-il payé ces photographes…

Seigneur, comment avait-elle pu tomber dans ce piège ?

Elle aurait dû s'y attendre. Mais le baiser échangé avec cet homme l'avait empêchée d'y voir clair dans son jeu. Elle avait fini par échapper à son emprise, pas assez vite toutefois pour éviter le piège qu'il lui avait tendu.

Elle avait fui la salle, s'était réfugiée au vestiaire, puis avait quitté le cabaret le plus discrètement possible. Pour calmer ses sens en ébullition, elle avait préféré marcher pour rentrer chez elle, au mépris des risques qu'elle prenait dans ce quartier mal fréquenté.

Cairo l'avait embrassée… Elle l'avait embrassé… Ce baiser représentait l'expérience la plus sensuelle qu'il lui ait été donné de vivre. Et elle se détestait pour cela.

Ce baiser avait occulté tout le reste.

Elle devait se rendre à l'évidence : elle n'avait plus toute sa tête depuis le jour où elle avait franchi les portes de ce casino de Monaco.

Elle s'était obstinée à tort à vouloir rencontrer cet homme qui lui avait envoyé cette si étrange invitation. Quand elle avait croisé son regard pour la toute première fois, une alarme s'était déclenchée dans son cerveau, mais elle n'en avait pas tenu compte. Elle avait conscience des risques qu'elle prenait, mais au lieu de fuir pour se préserver comme elle en avait l'habitude, elle avait bravé le danger.

— Reprends-toi, Brittany ! s'intima-t-elle à haute voix.

Quand elle contempla une dernière fois son visage sur les clichés devant ses yeux, elle poussa un gémissement plaintif. Elle fut horrifiée de constater à quel point le désir se lisait dans ses yeux.

Puis elle se ravisa. Jusqu'ici, elle s'était toujours sortie indemne des pires situations. Peut-être trouverait-elle le moyen, encore une fois, de prendre l'avantage. N'avait-elle pas prouvé par le passé qu'elle pouvait se montrer forte et déterminée ? Si elle ne l'avait pas été, elle n'aurait jamais quitté Gulfport à l'âge de seize ans en compagnie de Darryl, un homme dont elle savait qu'il ne lui apporterait que des ennuis.

Cairo Santa Domini, aussi dangereux soit-il, pouvait l'aider, mieux que quiconque, à atteindre ses objectifs. Il était richissime, célèbre, courtisé dans le monde entier. Tous les riches Européens que Brittany avait rencontrés après avoir épousé Jean-Pierre, y compris ses propres fils, se seraient volontiers compromis avec elle en privé, mais aucun n'aurait souhaité s'afficher avec elle de peur d'entacher leur belle image d'aristocrate irréprochable.

Cairo désirait précisément le contraire. Il l'avait choisie parce qu'elle pouvait contribuer à noircir sa propre réputation… Quelle importance après tout si l'épouser servait ses intérêts… au risque d'en avoir le cœur brisé ?

Brittany en était là de ses réflexions quand son autre téléphone sonna — celui qu'elle réservait aux paparazzis et à tous ceux qui ne la connaissaient pas personnellement.

— Ne quittez pas, s'il vous plaît, lui dit une voix désincarnée. Son Altesse Sérénissime l'Archiduc Felipe Skander Cairo de Santa Domini souhaite vous parler.

Brittany serra le téléphone dans sa main, tandis que son pouls s'accélérait. Elle prendrait cet appel, quoi qu'il lui en coûte.

Cairo représentait sa seule issue. Il était la lumière au bout du tunnel…

Elle n'avait pas d'autre choix.

— Chéri, susurra-t-elle quand elle l'eut en ligne. Il semblerait que nos fiançailles ne soient plus un secret pour personne !

4.

Cairo apparaissait régulièrement à la une des journaux en compagnie de jeunes femmes plus ou moins connues. Quand Brittany y figura à son tour, les commentaires allèrent bon train jusqu'à ce que d'autres célébrités la remplacent : des stars du football s'affichant au bras d'actrices de série B, des politiciens véreux accusés de détournement de fonds publics.

— La garde à vue d'un attaquant du Real Madrid intéresse davantage le public que notre histoire, dit Brittany quand ils se retrouvèrent en secret après leur première apparition publique pour définir les prochaines étapes de leur plan.

Le sourire qu'elle afficha en prononçant ces mots n'atténua en rien la dureté de son ton.

— Les scandales liés au nom de Santa Domini abreuvent le monde depuis des années, reprit-elle. Ce ne sont pas quelques clichés pris dans un cabaret qui vont captiver l'intérêt du public. J'ai bien peur que vos manigances ne provoquent qu'un léger frisson dans l'univers médiatique, rien de plus.

— En général, mes apparitions provoquent un peu plus qu'un frisson, je vous assure, objecta Cairo. Elles déclenchent souvent des exclamations outragées du type : « Seigneur, Cairo, mais que faites-vous ? » ; « Oh ! Mon Dieu, quelle horreur avez-vous encore commise ? »

Brittany poussa un soupir de lassitude, comme si

Cairo lui inspirait un ennui profond. Le genre de soupir que personne et encore moins une femme ne se serait autorisé en sa présence.

— Si vous le dites…

Brittany et Cairo avaient consacré l'heure suivante à mettre au point la phase suivante de leur plan.

Cairo s'affichait rarement en public avec la même femme. Il n'aurait jamais pu entretenir sa réputation de séducteur invétéré s'il avait privilégié la qualité au détriment de la quantité. C'est pourquoi il n'avait jamais prolongé la moindre relation au-delà d'un long week-end. Parfois, il retrouvait d'anciennes maîtresses des années après leur première aventure, histoire d'attiser la curiosité.

— Je deviens ennuyeux après trois jours consécutifs, avait-il déclaré à un journaliste qui l'interrogeait sur son mode de fonctionnement avec les femmes.

Bien sûr, il n'avait pas évoqué les nombreuses lettres de fans qui contredisaient cette affirmation.

La deuxième fois où les paparazzis surprirent Cairo et Brittany ensemble, ce fut dans un restaurant huppé.

Puis, quelques jours après, quand Brittany fut cueillie par des photographes à sa sortie d'une célèbre bijouterie, Cartier, elle tendit la main pour exhiber le saphir qui ornait son doigt avant de déclarer :

— Si j'avais su que tout cela allait créer une telle agitation, je me serais fait offrir un bijou encore plus gros que celui-ci !

Enfin, plusieurs jours après leur dîner au restaurant, ils s'affichèrent un matin à la terrasse de la résidence privée de Cairo, suggérant ainsi qu'ils avaient passé la nuit ensemble. Ou peut-être plusieurs nuits d'affilée, puisque Brittany ne travaillait plus au cabaret.

— Êtes-vous *vraiment* ensemble ? demanda un journaliste de télévision à Cairo lors d'une vente de charité à Londres, une semaine plus tard.

— Ne vous inquiétez pas, vous serez le premier à le

savoir ! Vous et vos téléspectateurs ne quittez jamais mes pensées.

— Pourquoi êtes-vous seul, ce soir ? s'enquit un autre reporter sur le ton de la confidence. Auriez-vous déjà rompu ?

Cairo souriait au milieu de la horde de journalistes qui le suivait, comme s'il appréciait d'être au centre de l'attention. Se tournant pour leur faire face, il déclara :

— J'avoue que je ne sais plus trop où j'en suis à la lecture de vos déclarations contradictoires sur le couple que nous formons : le séducteur et la croqueuse de diamants. Un jour, vous nous déclarez ensemble ; le lendemain, séparés. Où se situe la vérité ? Peut-être sommes-nous deux personnes qui apprécient la compagnie l'un de l'autre tout simplement, mais cela ne pourrait pas faire la une de vos magazines…

Dès le lendemain, comme prévu, les journaux titraient :

Cairo n'est pas dupe :
Britt est une croqueuse de diamants !

Après cela, Cairo demanda à Brittany de l'accompagner au mariage somptueux d'un de ses vieux amis de lycée comptant parmi les hommes les plus riches d'Espagne.

Les spéculations allèrent bon train après cet épisode. Toute la presse s'interrogeait sur le sens de cette apparition conjointe. Cairo s'était-il déjà rendu à un mariage accompagné ? La réponse était non et pour cause : en général, les mariages lui fournissaient d'excellentes occasions pour faire des rencontres. Dans ce cas, pourquoi s'était-il encombré de Brittany ? Comment pouvait-il imposer une danseuse de cabaret à son vieil ami richissime et à ses proches ? Se pouvait-il qu'il envisage une relation sérieuse avec une telle personne ?

Les réponses à cette dernière question divergeaient selon les angles abordés. Puis, quand un invité au mariage produisit une photo de Cairo et Brittany tendrement enlacés sur la piste de danse, la presse s'enflamma. Des témoins déclarèrent n'avoir jamais vu Cairo perdre autant la tête avec une femme.

— J'ignorais que vous pouviez danser aussi bien… tout habillée, avait murmuré Cairo à l'oreille de Brittany ce soir-là.

— Je suis dotée de multiples talents, avait répliqué Brittany avec un sourire faussement amical.

Après cette apparition publique, tous deux s'étaient offert un long voyage romantique.

D'abord un week-end à Dubai, puis une semaine entière à Rio où ils s'étaient prélassés sur des plages inondées de soleil dans des tenues minimalistes.

« Fuyez Brittany Hollis, mesdames, avant qu'elle s'en prenne à votre mari ! » avait titré un journal local. Après Rio, ils s'étaient envolés pour Paris, puis avaient entrepris un périple de quinze jours en Afrique subsaharienne, depuis les déserts de Namibie jusqu'aux chutes Victoria pour finir par un safari au Botswana.

Le tout avait été largement relayé par la presse dans le monde entier. Cairo et Brittany formaient le couple le plus mal assorti qu'on ait jamais vu se former au cours des dernières décennies, et leur « histoire d'amour » était un coup de maître, un véritable chef-d'œuvre qui ravissait Cairo.

— Allons, la presse sait bien qu'il ne s'agit pas d'amour entre nous, avait protesté Brittany après un repas succulent pris dans la tente spacieuse qui avait été dressée pour eux en pleine brousse, à un jet de pierre d'une rivière infestée de crocodiles.

Personne ne savait qu'ils ne partageaient pas le même lit ni dans cette tente gigantesque ni dans toutes les suites hôtelières où ils avaient séjourné jusqu'ici.

Depuis le début de leur périple, Cairo vivait un enfer. Devoir se tenir à l'écart de cette femme le rendait fou. Par ailleurs, la manière dont la presse traitait Brittany l'irritait au plus haut point. Pourtant, cela servait son intérêt… Alors pourquoi s'offusquait-il à la lecture de titres tels que : *« Cairo sera-t-il le chanceux n° 4 dans la longue liste des maris trompés de Brittany ? »* Ou encore : *« Brittany ramènera-t-elle une couronne en guise de trophée de chasse ? »*

Plus cruel encore, le journal le plus populaire de Santa Domini avait publié une photo où tous deux apparaissaient tendrement enlacés avec en légende :

Reine Brittany ?

Au lieu de se réjouir de la situation, Cairo broyait du noir. Il n'avait pas beaucoup dormi de tout le séjour. Devoir faire chambre à part avec cette femme si attirante le mettait au supplice. Elle jouait son rôle à la perfection, se montrant chaleureuse et entreprenante en public, mais dès qu'ils se retrouvaient seuls dans l'intimité des différentes chambres qu'ils partageaient elle redevenait froide et distante. Comme si rien ne la touchait ou l'affectait.

Ne voyait-elle que noirceur en Cairo ? N'éprouvait-elle aucun sentiment pour lui ? Aucun désir ? Décidément, cette femme étrange représentait une énigme. Et l'intérêt que Cairo lui portait ne cessait de croître à mesure que le temps passait.

À leur retour en Europe, la presse continua de les suivre, décrivant par le menu toutes les occasions où ils apparaissaient ensemble. Brittany semblait beaucoup s'en amuser.

— Les paparazzis s'en donnent à cœur joie ! lui dit-elle à bord de l'avion qui les ramenait à Paris après un bref séjour à Vienne où ils avaient assisté à un bal de charité. À leurs yeux, notre histoire ne vaut guère mieux qu'un effroyable accident !

Reposant le journal sur une tablette latérale, elle reporta son attention sur Cairo. Comme d'habitude, il reposait en position semi-allongée dans son fauteuil, ses longues jambes étendues devant lui. Il avait les cheveux en bataille. Son costume toujours froissé attisait la curiosité des journalistes. Certains allaient même jusqu'à dire qu'il faisait probablement l'amour à longueur de journée, vu l'aspect de ses vêtements.

Cairo haussa les épaules et fit tinter les glaçons dans son verre en songeant à toutes les fois où il avait effectué ce geste en public. Souvent, il aimait laisser croire qu'il était ivre. Cela lui permettait de jauger la manière dont on le percevait. Plus on le traitait d'alcoolique, plus cela servait ses intérêts.

Une certaine lassitude l'étreignait toutefois ces derniers temps. Combien de temps encore devrait-il donner le change ? Quand pourrait-il enfin vivre normalement ? Jamais sans doute : sa vie n'était qu'une succession de mensonges.

— Nous sommes un *merveilleux* accident, *cara*. C'est d'ailleurs le but recherché !

— Vraiment ? Je pensais que le plus important pour vous était de mener une vie débridée et d'étaler votre richesse aux yeux du monde entier.

— J'adore cela aussi.

Cairo se redressa sur son siège et déposa son verre sur la table basse de la cabine de son jet privé, aussi luxueuse qu'une suite d'hôtel. Le malaise qui ne cessait de le ronger l'agaçait d'autant plus que tout se déroulait selon ses plans.

Enfin presque…

Brittany avait accepté tous les termes du contrat depuis cette fameuse nuit dans le cabaret, depuis ce baiser qui demeurait gravé dans sa mémoire et dont il ne s'était toujours pas remis.

Quelques jours après cet épisode, il avait envoyé une voiture la chercher pour qu'elle le rejoigne secrètement chez lui. À partir de ce moment-là, Cairo n'avait plus jamais perçu en Brittany la moindre faiblesse, la moindre vulnérabilité. Elle s'était transformée en un bloc de glace. Elle avait discuté avec lui de la stratégie à mettre en place, avait même apporté des idées judicieuses pour peaufiner leur plan, puis avait signé les papiers qui scellaient leur accord sans manifester la moindre émotion, comme s'il s'agissait d'un simple contrat d'affaires.

Brittany avait insisté pour que leurs rapports demeurent strictement professionnels.

— Vous plaisantez ! s'était insurgé Cairo lorsqu'elle avait lâché cette bombe.

— Je ne plaisante jamais, et encore moins lorsqu'il s'agit de sexe.

— Mais le sexe figure parmi les grands bonheurs de la vie ! Vous ne pouvez pas l'ignorer.

— C'est vrai... Vous êtes l'image même du bonheur aux yeux du monde entier. Ou plutôt de la paresse, n'est-ce pas, *Votre Majesté Indolente*.

— Je sais que vous me désirez.

Il vivait une situation inédite et ne savait pas comment l'appréhender : il parvenait difficilement à jouer la comédie avec cette femme et avait envie de faire preuve d'honnêteté avec elle.

— Croyez-vous que je ne le vois pas ? avait-il insisté, espérant la pousser dans ses derniers retranchements.

— Vous pouvez coucher avec qui vous voulez, vous savez, car je m'en moque, avait-elle éludé d'un vague geste de la main.

Malgré l'indifférence qu'elle affichait, Cairo avait cru percevoir une étincelle dans son regard. Cela voulait forcément dire quelque chose...

— Je vous demande juste d'être discret pour ne pas compromettre notre plan, avait-elle ajouté avec fermeté. Et aussi de ne pas m'imposer la présence de vos maîtresses, par courtoisie.

— Pas de plan à trois, alors ?

Cairo avait espéré, par cette provocation, obtenir une réaction outrée de la part de Brittany. Mais elle n'avait pas bronché.

— Si cela vous tente, allez-y, mais ce sera sans moi. À moins que ce nombre vous paraisse insuffisant, vu le grand appétit qui est le vôtre.

Elle l'avait fusillé du regard, puis avait ajouté :

— Vous pouvez faire ce que bon vous semble de votre… sceptre royal. Ça ne m'intéresse pas.

— Vraiment ? Mon « sceptre royal », comme vous l'appelez, est très prisé en Europe, pour ne pas dire dans le monde entier.

— Vous me permettrez d'en douter.

Une étrange lueur avait brillé dans ses yeux, puis s'était effacée aussi vite qu'elle était apparue.

— Je vous mets au défi de prétendre que vous ne ressentez rien pour moi.

— Absolument rien, avait-elle répondu avec froideur.

Comme il la défiait du regard, elle avait ajouté :

— Suis-je attirée par vous ? Bien sûr ! Comment ne pas l'être ? Vous êtes un très bel homme. Vous plaisez aux femmes, c'est évident. Difficile de ne pas céder à vos avances quand vous vous montrez entreprenant.

— En effet ! Vous avez littéralement fondu dans mes bras, au point d'en oublier la décence. À peu de chose près, nous risquions une amende pour attentat à la pudeur. Mon immunité diplomatique me protège en toutes circonstances, mais vous auriez pu vous retrouver en prison.

— Parfois, je ne juge pas utile de lutter contre l'attirance que je ressens, déclara Brittany, balayant cette dernière remarque d'un geste de la main.

Cairo ne se rappelait pas avoir rencontré un jour une personne ayant manifesté autant d'indifférence à son égard, comme s'il était la personne la plus ennuyeuse de la création. Curieusement, il trouvait l'attitude de Brittany encore plus fascinante. Le regard sévère qu'elle portait sur lui décuplait le désir qu'elle lui inspirait.

— Et je suis certaine qu'avec le temps cette attirance s'estompera, conclut-elle avec un léger soupir.

— Mon charme est tel que cela ne se produit jamais ! se vanta Cairo. Je ne fais que reporter ce que l'on m'a dit…

— Comment a-t-on pu vous dire une chose pareille ? Vous ne passez jamais plus d'un week-end avec la même personne. Moi, en revanche, je vais devoir subir beaucoup plus longtemps votre…

— Sceptre ?

— Charme, dirons-nous, corrigea Brittany avec ce sourire glacial dont elle avait le secret et qui le faisait bouillir intérieurement.

— Vous vous mentez à vous-même. Le sexe est inévitable.

— Je suis sûre que vous le pensez, répliqua Brittany. Et je vous l'ai dit : je me moque que vous ayez des maîtresses, à condition de rester discret. Faites ce que vous voulez, vous avez ma bénédiction.

Sur ces mots, elle haussa les épaules et s'adossa à son fauteuil, comme pour clore de cette conversation ennuyeuse.

Contre toute attente, après cet échange, Cairo n'avait plus ressenti d'attirance pour une autre femme. Sans doute parce qu'elle était devenue la meilleure des partenaires pour le spectacle qu'ils offraient au monde entier. Il ne voyait pas d'autre explication.

— Quelle drôle d'idée ! s'était-elle exclamée la nuit où Cairo lui avait révélé son plan. Pourquoi feriez-vous une chose pareille ? Qu'espérez-vous y gagner ?

— Les raisons pour lesquelles je souhaite m'infliger cela seraient trop longues à vous expliquer. Et vous, qu'en attendez-vous ?

— Je veux me retirer à Vanuatu, vivre sur la plage et ne plus jamais être prise en photo.

Ils n'avaient pas cherché à en savoir davantage sur leurs motivations profondes.

Plusieurs semaines s'étaient écoulées depuis qu'ils avaient signé leur pacte. Brittany jouait son rôle à la perfection. Elle s'habillait avec élégance, se comportait exactement comme prévu, coulait vers lui des regards énamourés chaque fois qu'un photographe se tenait à proximité.

— Pourquoi me regardez-vous ainsi ? lui demanda-t-elle soudain, le ramenant à l'instant présent.

Elle avait troqué sa robe de bal contre une tenue beaucoup plus simple dès qu'ils avaient embarqué à bord de l'avion, comme si elle ne supportait plus de porter des vêtements aussi chics. Elle se comportait ainsi chaque fois qu'elle se savait à l'abri des regards.

Cairo trouvait cette métamorphose fascinante. Dans son pantalon noir ajusté qui révélait ses formes parfaites et son T-shirt à manches longues, elle laissait entrevoir une autre facette de sa personnalité.

Il aimait aussi sa façon de relever ses cheveux sur le haut de sa tête. Il pouvait alors admirer la délicatesse de son cou, la soie de sa peau. Et cette bouche gourmande qu'il rêvait de savourer à nouveau…

— Désolé, s'excusa-t-il avec un sourire. Il se trouve que vous êtes la seule femme qu'il m'ait été donné de côtoyer dans des vêtements ordinaires. Je ne suis pas habitué à ce genre d'intimité.

Brittany garda un instant le silence. Ses traits perdirent soudain cette expression glaciale à laquelle il était habitué.

— Vous avez tout fait pour qu'il en soit ainsi, n'est-ce pas ? Mais derrière cet écran de fumée, malgré le spectacle que vous vous évertuez à donner de vous-même, vous êtes un homme totalement différent… Je me trompe ?

Cairo frémit intérieurement. Il ne laisserait personne,

pas plus Brittany qu'une autre, démasquer le personnage qu'il avait façonné de toutes pièces.

— Il n'y a rien derrière la façade, objecta-t-il d'un ton grinçant. Seulement du spectacle. Et c'est au spectacle que je dois ma survie, vous pouvez me croire, Brittany.

C'étaient probablement les propos les plus honnêtes qu'il lui ait tenus, ou qu'il ait tenus à quiconque.

— Parfois, je pense que vous êtes un monstre, reprit-elle d'un ton songeur. C'est ce que vous voulez paraître à mes yeux, en tout cas.

Elle se tut pour le dévisager avec curiosité, puis reprit :

— Certaines fois en revanche, j'ai l'impression que vous êtes l'homme le plus seul que j'aie connu.

Cairo sentit les battements de son cœur s'accélérer. Leur conversation prenait un tour inattendu. Sans même se rendre compte de ce qu'il faisait, il répliqua :

— La solitude est le lot des orphelins, des réfugiés. Je suis les deux… Tout ce qu'il me reste, c'est le spectacle.

Au lieu de s'exprimer avec autant de sincérité, il aurait dû éclater de rire, manier l'ironie, comme il savait si bien le faire, mais le regard de cette femme l'avait poussé dans ses derniers retranchements…

Lorsqu'il parvint à s'arracher de l'emprise de Brittany, il se rallongea dans son fauteuil, étouffa un bâillement puis ferma les yeux. Longtemps toutefois, il sentit peser sur lui le regard pénétrant de Brittany.

— Selon la rumeur, le général serait en très mauvaise santé, lui annonça Ricardo quelques jours plus tard. Il semble aussi que vos frasques récentes vous aient presque disqualifié aux yeux de vos plus ardents supporters.

Cairo ne leva pas les yeux de son ordinateur portable sur lequel il analysait son portefeuille boursier avec un soin méticuleux dont la plupart des gens ne l'auraient probablement jamais cru capable. Il se trouvait dans sa superbe résidence parisienne qui accueillait autrefois les personnalités royales de toute l'Europe. Une demeure hantée par des souvenirs douloureux, mais dont il avait hérité et ne se séparerait pour rien au monde.

— Presque ? ironisa-t-il d'un ton amer. Que leur faut-il de plus ? Une condamnation pour meurtre ?

Délaissant le travail qu'il effectuait, il s'adossa à son siège et dévisagea Ricardo, cet ami demeuré fidèle envers et contre tout depuis la mort de ses parents.

— Les loyalistes diraient que vous avez été piégé, Sire. Et vous iriez en prison. Je ne crois pas que vous apprécieriez.

Cairo se retint de dire qu'il vivait incarcéré depuis toujours. Il était né dans une prison dorée, puis en avait intégré une autre, beaucoup moins reluisante, après la révolution qui avait conduit sa famille sur le chemin de l'exil. Prison qui s'était ensuite refermée sur lui de manière définitive après le massacre des siens.

Personne n'éprouvait de compassion pour un homme comme Cairo Santa Domini, et lui-même encore moins que les autres. Et il le méritait.

— Vous avez raison, admit-il, une condamnation à perpétuité ne me plairait pas.

Ricardo lui adressa un léger sourire, comme s'il avait deviné ses pensées secrètes.

— La presse people s'en donne à cœur joie. Vos facéties alimentent les pires rumeurs, même parmi vos supporters. Ils disent qu'il faut vous arrêter avant de commettre l'irréparable.

— Je suppose qu'ils pensent au mariage, pas à un meurtre.

Comme Ricardo acquiesçait d'un hochement de tête, Cairo laissa échapper un long soupir, puis changea de sujet.

— Vous disiez que le général va mal ?

Cette envie de meurtre à l'encontre de ce fou sanguinaire qui le tenaillait depuis toujours et qui lui faisait dire qu'il ne serait jamais un homme bon se raviva en lui.

— Tout le monde au palais s'efforce de garder la nouvelle secrète, mais mes sources disent que c'est sérieux.

Il s'interrompit pour observer la réaction de Cairo, puis ajouta :

— Les loyalistes pensent que votre liaison n'est qu'une distraction pour vous. Un jeu auquel vous vous adonnez en attendant la mort de l'usurpateur.

Cairo songea à ces loyalistes qui, au péril de leurs vies, s'étaient opposés trente années plus tôt au coup d'État du général et dont le mouvement s'était renforcé au fil du temps. Plus le général leur donnait la chasse dans le but de les museler, plus ils créaient d'agitation, réclamant à cor et à cri le retour de Cairo sur le trône.

Ils ne se rendaient pas compte des risques. Si une révolution éclatait, elle aboutirait à un massacre. N'avaient-ils pas retenu la leçon après le supposé accident de sa famille ? Le général Estes était le pire fou sanguinaire de la création. Peut-être même plus dangereux aujourd'hui qu'autrefois.

— Les loyalistes croient ce qu'ils veulent bien croire, répondit Cairo avec un soupir.

— Ils m'ont passé un message concernant votre maîtresse. Ils déplorent son comportement scandaleux. Je préfère ne pas évoquer les termes qu'ils emploient pour la décrire. Selon eux, faire de cette femme votre compagne serait renier le sang des Santa Domini.

— Et alors ? Il n'y a plus de monarchie depuis trente ans.

— Ils veulent vous rencontrer.

Cairo sonda le regard de Ricardo, cherchant à lire dans ses pensées. Les loyalistes ne voulaient pas seulement le *rencontrer* : ils voulaient fomenter un complot, élaborer une stratégie visant à récupérer les terres qui leur avaient été confisquées, ainsi que leur fortune. Les plus idéalistes souhaitaient un retour en arrière, au temps de leurs ancêtres. Une époque dont Cairo était la figure emblématique.

Ce qu'ils oubliaient, c'était le risque qu'une révolution visant à le remettre sur le trône ferait encourir à toute la population. Cairo ne voulait pas que le chaos s'installe comme à l'époque de l'assassinat de ses parents.

— Impossible, finit-il par répondre à Ricardo. Mon agenda est plein à craquer. Et la liaison que j'entretiens avec cette Américaine méprisée sur au moins trois continents me rend totalement inéligible.

— C'est ce dont j'ai tenté de les convaincre, mais ils ne veulent rien entendre…

Tel était le lot des dynasties royales. L'histoire regorgeait de cas de monarchies renversées et de révolutions visant à les réhabiliter. Le général Estes avait revendiqué le trône de Santa Domini, mais tout le monde savait qu'il s'en était emparé par la force. Le reprendre supposerait également de recourir à la violence ; or Cairo ne pouvait s'y résoudre.

Il n'était jamais retourné sur les terres de son enfance. Une fois parvenu à l'âge adulte, il s'était évertué à donner une image déplorable de lui, n'hésitant pas à se couvrir de ridicule ou à provoquer des scandales afin que son peuple renonce à réclamer son retour.

L'existence même de Cairo irritait le général Estes. Elle lui rappelait constamment qu'il n'avait aucune légitimité et n'en aurait jamais, qu'il devait son règne à la violence et à la traîtrise. En occupant la scène médiatique, Cairo empêchait le général d'attenter à ses jours. S'il s'était caché comme ses parents lui avaient conseillé de le faire, il n'aurait pas survécu.

S'il participait aujourd'hui à des réunions secrètes, complotait avec ceux qui voulaient l'utiliser pour reprendre le contrôle de leur pays, il prendrait des risques inconsidérés, pas seulement pour lui, mais aussi pour tous ceux qui avaient soutenu sa famille, depuis les gouvernantes qui les avaient élevés lui et sa sœur disparue jusqu'à Ricardo, l'ami de toujours, sans oublier les vieilles familles fidèles aux rois de Santa Domini depuis des siècles.

Si seule sa vie avait été en péril, il aurait sans doute pris ce risque à présent qu'il n'était plus un enfant terrifié. Mais il avait déjà perdu toutes les personnes qui comptaient pour lui et se refusait à mettre en danger celles et ceux qui le soutenaient encore.

— Je pense qu'il ne reste plus qu'une chose à faire, histoire de planter le dernier clou à mon cercueil, dit-il après un long silence.

— C'est une image, j'espère ! répliqua Ricardo.

Cairo lui sourit, tout en sachant à quel point l'homme qui se tenait devant lui rêvait d'un retour à la monarchie. Ce n'était pas un activiste, mais un loyaliste de cœur.

Hélas ! Cairo ne reviendrait jamais sur sa décision. Il ne lutterait pas pour reprendre sa place sur le trône.

— Espérons-le ! répliqua-t-il avant de reporter son attention sur son ordinateur portable.

Mais il lui fut impossible de se concentrer sur les chiffres devant ses yeux. Son cœur s'était mis à battre la chamade à l'idée de passer à la phase ultime de son plan : proposer à Brittany de l'épouser. Cette décision le mettrait définitivement hors course.

Au lieu de ressentir ne serait-ce qu'un peu de nostalgie à l'idée de se couper à jamais de ses racines, toutes ses pensées le ramenèrent à Brittany. À ses lèvres pressées contre les siennes, à son corps sublime, à son parfum enivrant. À la torture endurée ces dernières semaines en la sentant si proche et si lointaine à la fois. Chaque fois que, pour les besoins d'une apparition en public, il la serrait dans ses bras, ses sens s'enflammaient au point de l'empêcher de trouver le sommeil la nuit suivante.

Son sourire le mettait à l'agonie, de même que cette distance insupportable dans ses yeux.

L'heure était venue enfin…

Bientôt, cette femme serait sienne.

5.

— Revenez avec moi, dit Cairo en se penchant vers Brittany pour interrompre sa rêverie.

Aussitôt, elle reprit pied dans la réalité et plongea son regard dans celui de son compagnon qui la contemplait avec cet air doux et amusé auquel elle s'était habituée et qui remuait en elle des émotions dont elle se serait bien passée.

Contre toute attente, plus le temps s'écoulait, plus la présence de cet homme à ses côtés la troublait et la rendait vulnérable, si bien qu'elle devait constamment se tenir sur ses gardes.

Affichant un sourire adorateur comme chaque fois qu'ils apparaissaient en public, elle tenta de reprendre ses esprits et de se concentrer sur ses objectifs.

Pour l'occasion, elle avait choisi de porter une robe rouge moulante qui mettait en valeur sa poitrine et la finesse de sa taille, assortie à des talons aiguilles. Ses cheveux brillants aux reflets cuivrés dont elle savait qu'ils captaient la lumière tombaient souplement sur ses épaules nues.

Dès l'annonce de ses fiançailles avec Cairo, il fallait que des photos d'elle la montrent sous son meilleur jour, dans des tenues sublimes, élégantes, afin d'offrir un contraste saisissant entre l'« avant » et l'« après ». Tous deux savaient que les journaux prendraient un malin plaisir à juxtaposer des clichés de Brittany en tenue légère de danseuse de cabaret à d'autres plus flatteurs, en robe de soirée par exemple.

Brittany imaginait déjà les gros titres, mais s'en moquait éperdument. L'image qu'elle s'était créée ne la dérangeait pas le moins du monde. Cairo et elle n'avaient qu'un but : que leur liaison les aide à atteindre leurs objectifs respectifs.

Je n'ai jamais été aussi heureuse de toute ma vie, songea-t-elle en admirant le cadre majestueux qui l'entourait dans ce restaurant triplement étoilé.

Cairo était plus beau et plus élégant que jamais dans son costume noir taillé sur mesure. Une sorte d'aura semblait l'entourer, lui conférant un charme fou, dévastateur, comme en témoignaient les soupirs et les œillades énamourées qu'il avait suscités sur son passage à leur entrée dans le restaurant.

Il était sans conteste l'homme le plus séduisant que Brittany ait rencontré, et parfois, quand il abandonnait son air ironique ou cessait ses provocations, elle décelait en lui beaucoup plus de profondeur qu'il ne voulait en laisser paraître.

Ce soir, il avait choisi l'une des meilleures tables de Paris, un endroit où il était certain de trouver un public. Leur arrivée à bord d'une voiture de sport italienne rutilante n'était pas passée inaperçue, si bien qu'ils étaient entrés dans la salle sous une nuée de flashs.

Une fois installée, Brittany avait jeté un coup d'œil sur son téléphone portable. Comme prévu, des clichés pris quelques secondes auparavant apparaissaient déjà sur les réseaux sociaux.

Pas moyen d'y échapper, avait-elle songé avec une pointe de regret, tandis qu'une sourde angoisse l'étreignait. L'effet que Cairo exerçait sur ses sens la rendait affreusement vulnérable, mais elle ne pouvait pas lutter contre cette attirance.

— Vous semblez vous ennuyer, remarqua-t-il en plissant les yeux. Comment est-ce possible ?

Parfaitement décontracté, il la dévisageait avec un léger sourire.

Sachant que de loin, personne ne pouvait deviner son tumulte intérieur, Brittany se rapprocha de son compagnon et lui coula un regard tendre. Elle ne savait plus vraiment si elle jouait ou non la comédie.

— J'ai fait cela si souvent… C'est lassant à force, dit-elle avec un léger soupir.

Contre toute attente, Cairo éclata de rire en secouant la tête. Surprise, Brittany contempla son magnifique visage et un vertige s'empara d'elle. Cet homme lui plaisait trop… Beaucoup trop.

Elle vivait une situation à haut risque. Cette vérité la troubla et, pendant un instant, un sentiment de panique l'étreignit.

Comme s'il avait perçu son trouble, Cairo l'observa intensément, puis demanda :

— Votre premier mari, quand vous étiez à peine sortie de l'enfance, vous a-t-il demandé en mariage dans le meilleur restaurant de la ville ?

— Tout à fait ! répondit-elle avec un petit rire. Cela s'est passé sur le parking d'un McDonald.

— Magnifique !

— Pour une gamine de seize ans sans aucune perspective, c'était très romantique, d'autant que Darryl m'avait offert un hamburger.

Le sourire de Cairo la força à détourner les yeux. Le saphir qui ornait son doigt lui rappela soudain tout le chemin parcouru depuis cette première demande en mariage sur un parking sordide dans la ville de Gulfport, Mississippi.

— Et qu'en est-il pour ce pauvre Carlos que vous avez si mal traité dans cette émission de télé-réalité ?

— Il est venu dans le bar où je travaillais…

— Quoi, un autre cabaret ?

— Non, un bar où j'occupais un poste de serveuse. J'avais un deuxième emploi au cabaret.

L'insistance de Cairo jouait sur ses nerfs fragiles. D'ordinaire, elle parvenait à se préserver de toute intrusion dans son passé. Mais ce soir, elle n'arrivait pas à donner le change. L'atmosphère chaleureuse de ce restaurant, les bougies qui dansaient sur leur table et le regard intense de Cairo la poussaient dans ses retranchements les plus secrets.

Elle peinait de plus en plus à lutter contre l'attirance qu'il exerçait sur elle.

A quoi bon se battre après tout ? songea-t-elle soudain. Puisque son avenir dépendait de lui, pourquoi ne pas céder à la tentation ? Pourquoi lutter contre l'inévitable ? Peut-être traverserait-elle l'épreuve de ce mariage plus facilement si elle se laissait aller…

— Carlos est venu dans ce bar, reprit-elle près un long silence, pour me dire qu'il partait pour Los Angeles et me proposer de l'accompagner.

Elle omit d'évoquer les détails sordides de cette partie de sa vie : la clientèle avinée et agressive de ce bar, les mains baladeuses des hommes, cette sensation de danger permanent qui ne la quittait pas. Si elle avait pris tous ces risques, c'était pour échapper à Darryl qui devenait violent sous l'emprise de l'alcool.

— Un rôle nous attendait dans une émission de télé à Los Angeles… Sous certaines conditions, finit-elle par préciser.

— Quelles conditions ?

— Nous devions être mariés.

Cairo porta une main à son cœur dans un geste théâtral qui lui arracha un sourire.

— Quel romantisme, une fois encore ! Et Jean-Pierre ?

— Avec lui, cela s'est passé d'une manière plus

amusante. Il est venu me voir dans ma loge après l'un de mes spectacles.

— Dans un cabaret, cette fois ? Je dois avouer que je m'y perds un peu.

Brittany hocha la tête.

— Il m'a fait des compliments…

— Je vois… Il a salué la chorégraphie, je suppose, ou vos talents de danseuse.

— En quelque sorte…

Brittany préféra éluder. C'était parce que Jean-Pierre lui avait tenu des propos salaces dans une langue châtiée qu'elle avait trouvé la situation amusante à l'époque.

— Il m'a dit qu'il avait envie de vivre le peu de temps qu'il lui restait en ma compagnie plutôt qu'auprès de ses enfants ingrats, précisa-t-elle.

— Et cela a suffi à vous convaincre ?

— Jean-Pierre avait un certain charme.

— Lié à sa fortune, je présume…

Curieusement, cette dernière remarque la blessa. Pourtant Cairo ne faisait qu'énoncer une vérité… Pourquoi se sentait-elle si fragile, ce soir ?

Ne pouvant se permettre de le rabrouer en public, elle se contenta d'afficher un sourire de façade.

— Je ne cherche aucune excuse pour mes choix actuels ou futurs. Seules les personnes qui n'ont jamais eu de problèmes d'argent regardent celles qui en ont avec condescendance. Par ailleurs…

Elle prit le temps de le dévisager avant d'ajouter :

— Vous et moi sommes pareils.

— *Cara*, je revendique ma différence ! Je ne me vends pas au plus offrant.

— Vous faites pire…

Le regard de Cairo brilla intensément, puis il hocha la tête, l'air de dire : « Touché ! »

Regrettant de l'avoir blessé, Brittany le contempla avec le plus grand sérieux, puis déclara à mi-voix :

— Cairo… Vous n'êtes pas l'homme que le public connaît. Cela ne vous tuerait pas de l'avouer, ne serait-ce qu'à moi.

Sans même se rendre compte de ce qu'elle faisait, elle avança sa main vers celle de Cairo, mais celui-ci feignit de ne pas s'en apercevoir. Son expression se métamorphosa. Il y avait une noirceur insondable dans son regard et pas la moindre trace d'ironie sur son visage.

— C'est là que vous vous trompez, déclara-t-il farouchement. Cela pourrait me tuer au contraire. Croyez-vous qu'il s'agisse d'un jeu ?

Un long silence s'installa entre eux. Pesant, tendu, comme jamais auparavant dans le cadre de leurs échanges.

— Que voulez-vous dire ? finit-elle par demander.

— Rien du tout.

Cairo avait détourné les yeux. Quand il reporta son attention sur elle, son expression avait repris sa morgue habituelle, mais il y avait quelque chose de changé en lui.

— Je suis un électron libre qui aime se donner en spectacle. Parfois, j'ai l'impression de jouer dans une tragédie, mais cela ne dure jamais longtemps. Je ne suis pas fait pour le tragique.

— Cairo…

— Ma proposition de mariage laissera un souvenir mémorable sur la scène internationale, j'en suis sûr. Surtout avec vous dans le rôle principal, étant donné votre grande expérience en matière matrimoniale. Êtes-vous prête à la recevoir ?

Son regard avait perdu son intensité, le sourire était revenu sur son visage…

Brittany recula sur son siège et ramena sa main sur ses genoux. Après tout, tout cela ne la regardait pas. Cet homme était un étranger et devait le demeurer. Inutile de chercher à découvrir qui il était en réalité. Les raisons qui le poussaient à se cacher derrière un masque le regardaient, lui et personne d'autre.

— Ce ne sera pas aussi émouvant que sur le parking d'un McDonald ou aussi vulgaire que dans une loge de cabaret, mais soit… Vous aimez les défis, n'est-ce pas ?

Le sourire de Cairo s'élargit sans parvenir jusqu'à ses yeux qui reflétaient encore une certaine noirceur. Lentement, d'un geste étudié, il sortit un écrin de sa poche. Un écrin de toute beauté. Brittany le contempla avec effarement, comme si elle ne savait pas de quoi il s'agissait, comme si elle ignorait que la demande en mariage de Cairo devait avoir lieu ce soir-là.

Le plus effrayant était qu'elle ne jouait pas réellement la comédie. Elle se sentait brûlante et glacée à la fois.

Soudain, Cairo quitta son siège pour mettre un genou à terre. Le cœur battant la chamade, elle sentit le rouge lui colorer les joues. La terre s'était arrêtée de tourner ; les bruits de salle de restaurant ne lui parvenaient plus. Elle avait l'impression que Cairo et elle étaient seuls au monde.

Jamais elle n'aurait imaginé vivre une expérience pareille, voir un homme tel que lui s'agenouiller devant elle, une vulgaire danseuse de cabaret.

Un vertige la saisit quand il lui prit la main.

Tout cela est irréel, je suis en plein délire…

Pourtant, elle ne rêvait pas. La scène était bien réelle. Elle avait l'impression de vivre un conte de fées.

Son Altesse Sérénissime l'Archiduc Felipe Skander Cairo de Santa Domini lui souriait, à elle, Brittany Hollis, la roturière qui avait grandi dans une caravane à Gulfport, Mississippi.

Quand Cairo ouvrit l'écrin, le cœur de Brittany cessa de battre. Elle connaissait cette bague. Tout le monde la connaissait. Il s'agissait d'un magnifique diamant qui avait inspiré des chants immémoriaux et avait fait couler beaucoup de sang au fil des âges.

Cette bague figurait sur de nombreuses œuvres de grands maîtres de la peinture. On en parlait comme de l'un des joyaux les plus sublimes ayant été créés, et de nombreuses copies en avaient été vendues de par le monde.

— Elle appartenait à ma mère, dit Cairo en plantant son regard dans le sien, et à ma grand-mère avant elle. Elle se transmet, et ce de génération en génération depuis plusieurs siècles. Ce diamant a été façonné en son temps par les meilleurs artisans du royaume. Il porte le nom de « Cœur de Santa Domini ». J'espère que vous serez fière de le porter.

— Cairo…

Sa voix n'était plus qu'un souffle. Elle ne pouvait pas porter un tel bijou. Elle n'en était pas digne. Il symbolisait l'espoir, l'amour…

Captivée par le regard intense de Cairo, un tourbillon d'émotions la saisit au point de lui faire oublier le but de sa présence dans ce lieu.

— Acceptez-vous de m'épouser ? lui demanda-t-il d'une voix différente, plus grave, plus profonde.

C'est alors qu'elle comprit à quel point le jeu auquel tous deux se livraient était dangereux. La façade de glace derrière laquelle elle se protégeait se fissurait de toutes parts. Son sang bouillait dans ses veines. Elle ne savait pas si elle devait crier ou pleurer, tomber dans les bras de Cairo ou s'enfuir à toutes jambes. Elle s'était mariée trois fois, mais jamais, au grand jamais, elle n'avait éprouvé une telle émotion.

Pourtant, Cairo, comme ses précédents époux, ne représentait rien d'autre qu'une étape sur le chemin de la liberté. Peu importait que brille à son doigt le diamant le plus romantique de l'histoire de l'humanité.

— Dois-je vous supplier ? demanda Cairo, toujours agenouillé devant elle.

— Bien sûr que non, répliqua-t-elle vivement en tentant de maîtriser le tremblement de sa voix. Inutile de… me supplier.

— Alors, répondez, commanda-t-il en plantant son regard intense dans le sien.

— Oui, je veux bien vous épouser.

Un roi en exil se tenait à ses pieds, quémandant sa main, à elle, Brittany Hollis, une femme indigne, conspuée par la presse, honnie par la société.

— J'espérais bien vous l'entendre dire.

Leurs regards se soudèrent. L'instant était grave. Ils venaient de signer un pacte secret connu d'eux seuls qui les projetait dans un avenir incertain, dangereux.

— Allons, Brittany, il faut immortaliser cette scène devant notre public.

— J'ai dit oui. Que voulez-vous de plus ? Une chanson, une danse ?

— Je crois que vous savez à quoi je pense.

Un sourire charmeur se dessina sur ses lèvres, puis il se releva et l'invita à l'imiter.

— Embrassez-moi, s'il vous plaît, et mettez-y du cœur.

Forcée d'obéir, elle. Elle leva une main vers le visage de Cairo, la déposa doucement sur sa joue puis retint son souffle.

Elle ne voyait plus qu'un feu ardent brûler dans le regard de cet homme qu'elle n'aurait jamais dû rencontrer, jamais dû toucher. Le souvenir du baiser échangé des semaines auparavant ne s'était jamais estompé, pas plus que la sensation de son corps contre le sien, de ses mains sur sa peau. Comment avait-elle pu résister à l'envie de revivre un tel moment ? Pendant toutes les journées passées avec lui, elle avait lutté pour ne pas succomber à la tentation. Pourtant, toutes les nuits où ils avaient partagé la même chambre ou la même tente, le désir s'était insinué dans ses veines. Mais elle n'avait pas osé le moindre rapprochement, de peur de se briser les ailes. Jusqu'à sa rencontre avec cet homme, elle n'avait jamais connu pareil trouble.

Et voilà qu'elle venait d'accepter de l'épouser ! Ce soir,

tous deux pouvaient porter le masque de leur choix. Ce soir, elle pouvait oser n'importe quoi, quelle que soit la frayeur qui l'habitait.

Alors elle leva la tête vers le visage de Cairo et, fermant les yeux, elle pressa sa bouche sur la sienne. La sensation lui parut encore plus intense que la première fois, encore plus brûlante. Quand Cairo approfondit leur baiser, elle se sentit chavirer. Un tourbillon d'émotions la submergea.

C'était merveilleux… Magique…

Brittany s'abandonna dans les bras de Cairo, oubliant tout ce qui l'entourait, comme s'ils étaient seuls au monde et non sous le feu des projecteurs, comme si toutes les barrières entre leurs deux mondes s'étaient effondrées.

Quand leurs lèvres s'écartèrent, Cairo prit son visage en coupe et la contempla avec une tendresse infinie.

— Je vous promets que vous ne regretterez pas cette décision, murmura-t-il contre ses lèvres.

— Vous non plus…

Cette promesse demeura suspendue dans l'air… Jusqu'à ce que des flashs se mettent à crépiter autour de leur table.

Après six semaines effrénées, Brittany séjournait à présent dans un ancien château en surplomb de la côte italienne.

Le grand jour était arrivé…

Les yeux rivés sur les tapisseries qui ornaient les murs de sa chambre et qui représentaient des batailles médiévales, elle se laissait docilement habiller par les jeunes servantes du château affectées à son service. Sa robe de mariée était si sophistiquée qu'elle n'aurait pu la revêtir seule.

Malgré le sentiment de panique qu'elle ressentait à

l'idée de devenir la femme de Cairo, elle tenta de se raisonner : ce jour tomberait vite dans l'oubli.

Dans cinq, dix ou cent ans, personne ne se souviendrait que Cairo Santa Domini avait été le premier de sa lignée à se marier ailleurs que dans l'emblématique cathédrale située dans la capitale de Santa Domini, à un jet de pierre du grand palais où régnait autrefois sa famille. Personne ne se soucierait plus de l'affront que représentait ce mariage.

Le temps passerait. Comme convenu, leur union extravagante et hautement controversée se solderait par un divorce. Après en avoir fait leur une pendant un certain temps, les journaux à scandale finiraient par se lasser de cette histoire. Brittany pourrait alors se fondre dans l'obscurité et on ne garderait d'elle que le souvenir d'une fausse note dans la longue histoire des Santa Domini.

— Tout va bien, Madame ? demanda l'une des servantes d'un air inquiet quand elle eut terminé de lacer son corset.

— Oui, merci, répondit Brittany, je suis un peu nerveuse, c'est tout.

Les servantes lui sourirent puis se remirent à s'affairer autour d'elle jusqu'à ce que les cloches de l'église sonnent l'heure fatidique de la cérémonie.

Pour se donner le courage d'affronter ce moment, elle congédia les servantes. Une fois seule, elle respira lentement et profondément pour calmer son angoisse.

Pense à Vanuatu… Bientôt les palmiers, le sable blanc et la liberté seront à toi… Tu n'as pas d'autre choix.

Brittany se rendit soudain compte que ses mains lui faisaient mal à force d'être serrées l'une contre l'autre. Alors elle les dénoua puis se tourna vers le miroir pour contempler son reflet. Rassurée par l'image qu'il lui renvoyait, elle se posta à la fenêtre pour contempler les collines verdoyantes qui plongeaient dans la mer.

Soudain, la porte de sa chambre s'ouvrit dans son dos.

— J'aimerais rester seule encore un petit instant, dit-elle sans se retourner.

— Désolé de vous décevoir, mais c'est impossible.

Cairo, bien sûr…

Un frisson la parcourut au son de sa voix, plus riche, plus grave que d'habitude. Sa gorge se serra.

Seigneur, comment allait-elle survivre à ce moment ?

Quand elle se tourna vers lui, elle se sentit chavirer. Il resplendissait dans son costume blanc. Cet homme possédait une classe inouïe. Même dans cette tenue formelle, il paraissait tout à fait à son aise. Comme s'il était né et avait été élevé précisément dans le but de revêtir de pareils habits.

— Vous fixez ma cravate comme si vous vous attendiez qu'elle se dénoue toute seule et vienne vous étrangler, dit-il d'un ton amusé en pénétrant dans la pièce.

Quand il se posta devant elle, elle leva les yeux vers lui.

Cet homme d'une beauté à couper le souffle allait devenir son quatrième mari.

Quatrième et dernier mari…, lui souffla une petite voix dans sa tête.

Chassant cette pensée saugrenue, elle se força à respirer calmement pour apaiser les battements de son cœur.

— Que faites-vous là ? demanda-t-elle d'une voix rendue rauque par l'émotion.

Elle se racla la gorge, puis reprit :

— N'étiez-vous pas censé m'attendre dans la chapelle ?

— En effet, mais j'ai préféré venir vous chercher. Je tenais à m'assurer que vous n'alliez pas changer d'avis, ou pire, vous jeter par la fenêtre. Un suicide nuptial ravirait les tabloïds, mais m'obligerait à devoir tout recommencer depuis le début. Or, j'ai horreur de me répéter.

Brittany haussa négligemment les épaules, feignant de trouver cette idée absurde.

— Les papiers que nous avons signés sont très clairs. Pas d'argent si je meurs. Et si, au dernier moment, je devais renoncer à vous épouser, je ne percevrais qu'un quart de la somme prévue. Aucune de ces deux options ne servirait mes intérêts.

Soudain, comme Cairo demeurait silencieux, une idée effroyable la saisit, lui faisant battre le cœur encore plus vite.

— Mais peut-être est-ce vous... qui avez changé d'avis.

Anxieuse, Brittany se figea dans l'attente d'une réponse.

Ce mariage ne ressemblait en rien à ceux qu'elle avait connus pas le passé : deux passages éclair dans une mairie et une brève cérémonie civile dans le parc du château de Jean-Pierre où Brittany s'était affichée dans une robe extravagante pour provoquer la colère des héritiers de son mari.

Alors qu'elle pensait offrir le même type de spectacle au mariage de Cairo, son fiancé avait opté pour une approche beaucoup plus classique et avait fait appel à des stylistes réputés. Et aujourd'hui, elle portait une robe d'une élégance folle qui aurait convenu à une princesse destinée à un avenir royal et non à une égérie de la presse à sensation. Une robe qui ne mettait pas sa poitrine en évidence et qui ne dévoilait pas ses jambes. Quant au voile qu'elle arborait, il appartenait aux Santa Domini depuis des générations.

De toute évidence, Brittany s'apprêtait à vivre une situation inédite dont elle garderait un souvenir impérissable.

— Je n'ai pas changé d'avis, finit par déclarer Cairo.

Son regard grave fouilla le sien avec une telle insistance qu'elle finit par détourner les yeux. Puis, quand Cairo approcha de l'endroit où elle se tenait ce fut encore pire. À présent, il la dominait de sa haute stature, l'enveloppant de son aura.

Elle le laissa lui prendre la main et retint son souffle quand il se mit à jouer avec le diamant qui ornait son doigt.

Elle vivait un instant unique qui la déroutait. Si elle n'avait pas été vierge, si elle avait eu plus d'expérience, elle aurait su gérer cette situation, mais elle se sentait affreusement démunie.

— Et vous ? finit par demander Cairo d'une voix douce. Toujours décidée à poursuivre l'aventure ?

— Oui… Je ne renoncerai pas.

Venait-elle de lire un immense soulagement dans les yeux de Cairo ? Non, c'était impossible…

Malgré sa fébrilité, elle savait que sa détermination ne faiblirait pas. Il en allait de son avenir, du but qu'elle poursuivait. Grâce à ce mariage, elle pourrait enfin s'exiler dans le Pacifique sud, loin de tout.

Le plus difficile serait de tenir bon jusque-là, de ne pas tomber dans le piège des sentiments pour ne pas terminer cette aventure le cœur brisé.

— Les invités se sont regroupés dans la chapelle, lui dit Cairo. Pour la plupart, il s'agit de descendants dégénérés de la noblesse européenne.

— Vos amis et votre famille… éloignée sont venus aussi, je suppose.

— Vous supposez bien. Mais je n'appellerais pas ces personnes ma « famille ». En revanche, je n'ai vu personne de la vôtre se présenter.

Brittany voulut retirer sa main de celle de Cairo, mais se retint, de peur qu'il devine son trouble. Elle ne voulait pas qu'il comprenne à quel point elle se sentait vulnérable. Elle devait tout comme lui se préserver derrière un masque de façade. Telle était la règle du jeu sur lequel était fondée leur relation.

— Je n'ai pas invité ma famille, rétorqua-t-elle d'un ton sans réplique.

Cairo haussa les sourcils tandis qu'elle retirait vivement sa main de la sienne. Tant pis s'il comprenait les émotions qui l'agitaient.

— Cette parodie de mariage n'étant pas destinée à

durer longtemps, je n'ai pas vu l'intérêt de convier qui que ce soit, précisa-t-elle sèchement.

Brittany regretta ces paroles à peine furent-elles prononcées. Cairo s'était figé. Il semblait fait à présent de la même pierre que les murs de la chambre autour d'eux. Elle l'avait offensé et elle le savait.

Préférant visiblement se taire, il détourna les yeux pour se perdre dans la contemplation des villages disséminés à flanc de collines en surplomb de la mer turquoise. Puis après un silence qui lui sembla durer une éternité, il reporta à nouveau son attention sur elle.

— Vous vous comportez comme une vierge effarouchée alors qu'il s'agit de votre quatrième mariage. Pourquoi êtes-vous si nerveuse ? C'est moi qui devrais l'être, pas vous !

« Vierge »... Cairo avait prononcé ce mot archaïque devant elle, une danseuse de cabaret, une personne que les journaux allaient jusqu'à traiter de prostituée. Un mot que personne n'utilisait jamais dans le milieu qu'elle fréquentait et encore moins à Hollywood.

Mais ici, dans ce vieux château perdu sur la côte italienne, il avait une résonnance autre, trop intime... Et il l'avait touchée en plein cœur.

Quand le rouge lui monta aux joues, elle se sentit perdue.

Après un long silence, Cairo demanda d'un ton très bas... trop bas :

— Brittany, auriez-vous quelque chose à me dire ?

— Non.

Il eut un petit rire, mais ne la quitta pas des yeux.

— Serait-ce possible ? Contre toute attente... Serait-il possible que...

Mortifiée, Brittany serra ses mains moites l'une contre l'autre tandis que des frissons irrépressibles lui parcouraient le corps. Luttant contre les larmes, elle tenta de retrouver un semblant de contenance — en vain, hélas !

Pour échapper à cet homme trop perspicace, elle voulut s'enfuir, mais Cairo l'en empêcha, l'obligeant à reculer jusqu'au mur au fond de la pièce et posant ses mains de part et d'autre de son visage.

— Cessez de me mentir, lui dit-il de cette voix autoritaire qu'il utilisait parfois quand il désirait qu'on lui obéisse.

— A quoi bon ? parvint-elle à répliquer d'une voix tremblante. Nous vivons dans le mensonge. Ce mariage en est la preuve. Il a pour unique but de donner du grain à moudre à la presse à scandale…

— Brittany, protesta-t-il de cette voix grave qui la toucha au plus profond d'elle-même, dites-moi la vérité. En dépit de tout ce que l'on a pu écrire sur vous… Seriez-vous demeurée vierge ?

6.

Un frisson plus violent que les précédents agita Brittany. Il fallait que cela cesse. Elle ne pouvait laisser croire à Cairo qu'elle était vierge, encore moins un jour comme celui-ci…

Après des années à fabriquer le personnage public qu'elle affichait, au point d'y croire parfois elle-même, il était inconcevable que quiconque devine la vérité.

Personne ne devait découvrir à quel point elle était vulnérable. Pas ici, pas dans de telles circonstances.

Pourquoi Cairo était-il parvenu à lire en elle des choses que personne jusqu'ici n'était parvenu à déceler ?

— Je ne suis pas vierge, voyons ! répliqua-t-elle en fronçant les sourcils. Qui utilise encore ce terme d'ailleurs ? Serions-nous revenus au XVIIe siècle sans que je m'en aperçoive ?

Cairo ne paraissait pas convaincu. Pourtant il fallait à tout prix lui ôter cette idée de l'esprit… Avant qu'il soit trop tard.

Une partie d'elle-même lui soufflait que tel était le cas, hélas !

Déjà, à Monte-Carlo, elle aurait dû se rendre à l'évidence : duper cet homme lui était impossible. Le regard qu'il posait à présent sur elle le confirmait.

Il était temps de réagir avant de se retrouver dans une situation encore plus périlleuse.

— C'est aberrant, voyons ! protesta-t-elle en soutenant

son regard pénétrant. Tout le monde dit que je suis une traînée, Cairo…

— Y compris votre mère, apparemment.

— *Surtout* ma mère !

Sans le savoir, Cairo venait de raviver en elle une blessure ancienne.

Pour certains membres de sa famille, le fait d'aimer la musique ou la danse amenait forcément une jeune fille à sa perte. Sa mère le proclamait haut et fort, chaque fois que cela servait ses intérêts.

Cairo gardait les yeux rivés sur elle, comme s'il cherchait à déchiffrer ses pensées les plus intimes. Sans qu'elle puisse l'en empêcher, il se mit à dessiner une ligne du bout des doigts depuis son oreille jusqu'à son menton. Quand elle frémit à ce contact, elle vit une lueur de triomphe briller dans son regard.

Ce geste de possession la fit chavirer. L'envie de baisser la garde et de dire la vérité la saisit. L'envie de se montrer sincère, de se laisser aller aux confidences pour se libérer de la culpabilité qui pesait sur son cœur après toutes ces années passées à jouer un personnage qui ne lui ressemblait pas.

Pourquoi ne se confierait-elle pas à cet homme… Le seul qui avait su éveiller en elle la femme qu'elle était, avec ses désirs inavoués.

Se forçant à plus de raison, elle chassa cette idée de son esprit. Elle ne pouvait pas prendre un tel risque avec Cairo Santa Domini, un homme qui collectionnait les maîtresses et les rejetait aussi vite qu'il les avait conquises.

Soudain, elle se sentit profondément mal à l'aise dans la robe qu'elle portait. Une robe de princesse de conte de fées…

Reprenant pied dans la réalité, elle plaqua un sourire sur ses lèvres. Un sourire suggestif, provocant. Puis elle posa sa main sur celle de Cairo et pressa son corps contre le sien avant de susurrer :

— Je peux jouer à la jeune fille vierge, si cela vous amuse.

— S'agit-il vraiment d'un jeu ? demanda-t-il avec le plus grand calme.

— Evidemment ! Tout comme notre mariage d'ailleurs. Pourquoi ne pas le poursuivre dans un lit ?

— Vous disiez ne pas vouloir de sexe…

— Et vous qu'il était impossible de s'en passer.

Cette joute verbale la mettait au supplice, mais Brittany voulait remporter ce duel.

Prisonnière des bras de Cairo, bloquée contre ce mur qui lui empêchait toute fuite, elle peinait toutefois à garder le contrôle de ses sens.

Il régnait entre eux une tension insupportable. La main de Cairo sur sa joue était ferme et douce à la fois, et sa bouche, si sensuelle, l'attirait comme un aimant.

— Je veux vous faire mienne, Brittany, je vous l'ai déjà dit. Rien n'a changé, je suis toujours aussi déterminé.

Retenant de justesse un gémissement, Brittany s'empara de la main de Cairo. Elle le sentit frissonner quand elle enveloppa ses doigts comme pour les réchauffer. Une force silencieuse circulait entre leurs deux corps.

Le bruit de la mer en contrebas accompagnait le ballet sensuel auquel tous deux se livraient. Brittany ne jouait plus un rôle. Elle désirait ardemment cet homme. D'instinct, elle glissa les bras autour de sa taille, son visage vint se nicher dans son cou pour respirer l'enivrante odeur de son eau de toilette.

— Dans ce cas, pourquoi ne pas en finir ? demanda-t-elle d'un ton très bas.

Il lui sembla sentir le corps de Cairo se raidir contre le sien. Quand sa main se posa sur sa joue, elle leva la tête et vit que ses yeux lançaient des éclairs.

— Pourquoi ne pas laisser libre cours à cette pulsion qui vous habite ? insista-t-elle pour le pousser dans ses derniers retranchements. Vos penchants sont connus dans le monde entier… Pourquoi notre relation est-elle demeurée aussi chaste pendant tout ce temps ?

Un petit rire nerveux la secoua, puis elle ajouta :

— Cette réputation qui vous colle à la peau aurait-elle été créée de toutes pièces ? Vos exploits sexuels seraient-ils un leurre ?

— Pourquoi ne pas vérifier par vous-même ?

Ses yeux rivés aux siens, Cairo fit glisser sa main le long de son corps puis entreprit de relever le lourd tissu de sa robe, centimètre par centimètre. Ses doigts sillonnèrent sa cuisse, effleurant l'élastique de la jarretière puis la dentelle de ses bas. A cet instant, Brittany se sentit fondre littéralement tandis que le désir s'insinuait dans ses veines. Lorsqu'elle sentit la main de Cairo sous la fine dentelle de sa culotte, son cerveau lui cria de la repousser, mais son corps lui tenait un tout autre langage. Les pointes de ses seins se dressèrent, comme gorgées de sève, son souffle s'accéléra, son cœur se mit à battre follement.

Il la touchait là où personne ne l'avait jamais touchée.

Lui… Cairo.

Quand la pression de ses doigts s'accentua sur sa chair en feu, elle laissa échapper un gémissement. Une lueur de triomphe brilla dans les yeux de Cairo, mais elle ne s'en offusqua pas. Elle était là, pantelante, adossée contre le mur, toute au plaisir des caresses qu'il lui prodiguait.

— Je crois que ma réputation n'est pas surfaite, murmura-t-il contre ses lèvres. Qu'en pensez-vous ?

Incapable de répondre, Brittany exhala un long soupir puis ferma les yeux. Son souffle mêlé à celui de Cairo, elle plaqua ses hanches contre les siennes, puis écarta imperceptiblement les cuisses.

À ce signal, Cairo glissa un doigt en elle. Surprise, Brittany laissa échapper un petit cri, puis rendit les armes.

C'était parfait, magique, exaltant…

— Considérons qu'il s'agit là d'une première leçon,

reprit la voix de Cairo, réduite à un souffle rauque. Personne avant vous ne s'est montré aussi impertinent à mon égard. Peut-être ai-je enfin trouvé comment vous répondre…

Se cambrant pour mieux s'offrir, Brittany avait perdu la notion de temps. Plus rien n'existait, excepté le corps de cet homme contre le sien, sa main qui la caressait, intimement.

Quand ce mouvement de va-et-vient s'amplifia, un long frémissement la parcourut puis un tourbillon de sensations vertigineuses la saisit, lui arrachant un cri de plaisir.

Quand elle revint à elle après cet orgasme qui l'avait propulsée au septième ciel, elle sentit la surface rugueuse du mur contre lequel elle s'adossait, haletante, tous ses sens en ébullition, et le bras de Cairo autour de sa taille.

Il la dévorait des yeux. Relâchant la pression de sa main sur son sexe brûlant, il la laissa retomber le long de son corps.

— Brittany…, murmura-t-il d'une voix grave, presque solennelle.

Un sentiment d'urgence la saisit, comme s'il fallait immédiatement mettre un terme à ce jeu dangereux.

Plaquant un sourire sur son visage, elle jeta à Cairo un regard plein d'arrogance.

— C'est tout ? Je m'attendais à un peu plus de… subtilité de la part d'un homme qui se prétend roi.

Profitant de son étonnement, elle se libéra, remit de l'ordre dans sa tenue puis s'éloigna de lui.

— Subtilité ? répéta Cairo dans son dos, comme si ce mot lui était inconnu. Ai-je bien entendu ?

Se retournant, Brittany frissonna en se rendant compte qu'il l'avait suivie et se tenait juste derrière elle.

— Laissez tomber, lui dit-elle d'un air faussement indifférent. Je suis sûre que vous êtes… très doué.

Cairo pencha la tête de côté et plissa les yeux. Le sourire qu'il ébaucha la fit chavirer.

— Je le suis, murmura-t-il en jouant avec une mèche de ses cheveux. Et je peux le prouver. Que diriez-vous de vous en rendre compte par vous-même ?

Sur ces mots, il la souleva de terre, puis prenant soin de ne pas abîmer sa robe, il la déposa délicatement sur le lit.

— Cairo…

— Chut ! *Cara*… Laissez-moi relever le défi que vous m'avez lancé.

Il ne reconnut pas le son de sa voix, si grave, si rauque. Mais peu importait. Plus rien ne comptait, excepté cette femme toute de blanc vêtue, ces grands yeux noisette au regard éperdu.

Cette femme qu'il allait épouser et qui serait bientôt sienne.

Il caressa ses lèvres du bout des doigts, attentif à chacune de ses réactions. Quand ses joues se teintèrent de rose, il sentit son cœur bondir dans sa poitrine.

— Cairo, répéta-t-elle dans un souffle qui ressemblait à une prière.

Il sentit alors qu'un même feu brûlait en eux. Peu importait ce qui les avait amenés à se retrouver serrés l'un contre l'autre sur ce lit. Il n'y avait plus de défi à relever, seulement un même désir à combler : unir leurs deux corps.

Quand il s'allongea sur elle, il sentit son corps s'alanguir contre le sien, sa bouche s'entrouvrir comme une fleur sous ses lèvres.

Il effleura alors son bras nu, caressa son épaule puis son cou. La main sur sa nuque, les doigts dans ses cheveux, il attira son visage vers le sien. Il crut d'abord qu'elle allait refuser son baiser, mais elle le regarda dans les yeux et ce fut elle qui l'embrassa, glissant sa langue entre ses lèvres. Un long baiser passionné les réunit, suivi d'un autre encore plus sensuel.

Cairo avait tellement envie de cette femme qu'il eut peur de ne pas pouvoir se retenir. Il brûlait de la dévêtir, de la voir nue, offerte, puis de prendre tout son temps pour la découvrir, contempler les formes voluptueuses qu'il devinait sous ses mains fiévreuses.

Mais il se heurta à un obstacle majeur : le bustier de la robe était d'une confection si compliquée qu'il lui aurait fallu un temps infini pour le dégrafer. Un temps dont il ne disposait pas. On les attendait déjà dans la chapelle où devait être célébré leur mariage.

Quand il sentit qu'une même urgence la saisissait, il détacha ses lèvres des siennes et plongea son regard dans le sien.

— Êtes-vous prête ?

— Je le suis depuis des semaines, avoua-t-elle dans un murmure.

Sans plus attendre, il dégrafa son pantalon, souleva délicatement la robe de Brittany puis fit glisser sa culotte le long de ses cuisses.

Son sexe était encore chaud et humide sous sa main. Le moment était enfin venu… Il en rêvait depuis qu'il avait vu des photos d'elle, depuis leur toute première rencontre à Monte-Carlo. Mille fois, il avait imaginé vivre cette scène. Jamais il n'avait autant désiré une femme.

Savourant cet instant, il prit son visage entre ses mains et, sans cesser de la regarder, la pénétra lentement, profondément.

Mais en la voyant grimacer de douleur, il se figea aussitôt.

Brittany pensait pouvoir donner le change, laisser croire que ce n'était pas la première fois pour elle, mais elle s'était trompée : Cairo la dévisageait d'un air accusateur à présent. Ses traits s'étaient durcis. Toujours en elle, il plongea son regard dans le sien.

— Pouvez-vous m'expliquer ? demanda-t-il avec une dureté qui lui broya le cœur.

Tentant de ravaler les larmes qui perlaient à ses paupières, elle détourna les yeux. La honte la submergea. Elle était étendue sur un lit, vêtue d'une splendide robe de mariage retroussée jusqu'à la taille. Sa Majesté l'Archiduc Felipe Skander Cairo de Santa Domini venait de la pénétrer… Elle, une obscure danseuse de cabaret à la réputation douteuse. Elle lui avait menti…

— Ne pleurez pas, lui intima-t-il avec plus de douceur. Ne pleurez pas, *tesorina*. Vous avez traversé des épreuves bien plus difficiles et survivrez à celle-ci.

Alors que quelques secondes auparavant elle se retenait pour ne pas fondre en larmes, l'envie d'éclater de rire la saisit. Instantanément, comme par magie, elle sentit tout son corps se détendre.

— Je n'en suis pas si sûre, répliqua-t-elle d'une voix mal assurée.

La chaleur de Cairo l'enveloppait, il ne s'était pas retiré, et elle sentait son sexe dur en elle. Quand il bougea légèrement, la douleur entre ses cuisses se raviva, mais avec beaucoup moins d'intensité.

— Vous survivrez, lui assura-t-il, je vous le promets.

Quand elle le vit sourire, l'envie de pleurer la saisit à nouveau, mais elle parvint à retenir ses larmes.

— C'est de votre virginité que nous devons faire le deuil aujourd'hui, reprit-il. Et dans les jours qui viennent, il faudra que nous parlions de vos mensonges.

— Ne vous emballez pas, protesta-t-elle en fronçant les sourcils. Je n'ai peut-être jamais fait l'amour, pour autant, je ne suis plus…

— Vierge ? Pourtant c'est le mot approprié dans votre cas.

— Je voulais dire… vertueuse. Je ne le suis plus depuis longtemps.

— C'est vrai, vous avez été mariée trois fois, admit-il sans la quitter des yeux.

A nouveau, il bougea, mais elle ne ressentit aucune douleur, cette fois. Au contraire, l'union de leurs deux corps lui parut étrangement naturelle.

— Et je suis le premier à vous découvrir intimement.

Comme son regard fouillait son âme, elle sentit une vague de culpabilité l'assaillir.

— Vous auriez dû me le dire. Je ne voulais pas vous faire mal. Contrairement aux apparences, je ne suis pas un monstre.

Hébétée, elle contempla les yeux magnifiques de son amant où perçait une lueur de tendresse. De nouveau, des larmes perlèrent à ses paupières. Elle ne savait plus quoi faire, quoi dire. Elle n'avait jamais ressenti autant d'émotions à la fois. Cairo la regardait, immobile. Il témoignait d'une patience touchante et, surtout, il ne la quittait pas. Brittany aurait aimé demeurer ainsi éternellement…

— Je ne voulais pas… que vous l'appreniez, finit-elle par avouer.

— Pourquoi ? Vous craigniez que cela me dérange ? Que je remette en cause notre pacte ?

— Qui pourrait croire qu'un homme comme vous accorde de l'importance à la virginité d'une femme ? Vous qui êtes un monstre de dépravation.

— Il se trouve que cela m'importe… Surtout aujourd'hui.

— Si j'avais su avant que vous ne ressembliez pas à ce cliché d'homme des cavernes dépeint par les tabloïds… Je vous aurais demandé plus d'argent.

— Quels que soient les qualificatifs dont on m'affuble, je suis un roi, Brittany, objecta calmement Cairo.

Un long silence succéda à cette remarque, durant lequel Brittany sentit son sang se mettre à bouillir dans ses veines. Son corps était toujours lové contre celui de son amant, et la sensation de son sexe en elle raviva soudain un désir d'une intensité extraordinaire.

— Je ne suis ni un cliché ni un homme des cavernes, reprit Cairo. Même si je n'ai pas le royaume et les sujets que je mérite, avant que se termine cette journée vous deviendrez ma femme. Vous serez mienne et le resterez aussi longtemps que nous demeurerons ensemble.

Cette phrase prononcée solennellement résonna en elle comme une promesse.

Quand il bougea légèrement, elle arrima ses hanches aux siennes, puis se figea, surprise par l'intensité du désir qui la submergeait. Devinant son trouble, Cairo plongea son regard noir dans le sien.

— Et quels que soient les jeux auxquels nous nous livrons en public, ce que nous faisons en privé nous appartient…

— Cairo, murmura-t-elle dans un souffle… J'ai envie de vous.

Une étincelle brilla dans son regard, une lueur de triomphe, puis de désir intense.

— Vos désirs sont des ordres, *tesorina*, mais avant vous devez le dire.

— Vous dire quoi ?

— Que vous m'appartenez.

Brittany bascula la tête d'un côté puis de l'autre tandis que des ondes de chaleur la parcouraient tout entière.

— Dites-le-moi, insista Cairo en feignant de se retirer.

Affolée, Brittany enroula ses jambes autour de ses hanches pour le retenir en elle.

— Dis-moi que je suis ton roi… Et que tu es mienne.

Au supplice, Brittany lui jeta un regard éperdu.

— Je suis à toi…

Cairo se mit alors à aller et venir en elle, d'abord doucement, puis de plus en plus vite, jusqu'à ce que tous deux se mettent à onduler à un rythme endiablé, souffle contre souffle, peau contre peau. Au paroxysme de leur plaisir, ils étouffèrent leurs gémissements dans un long baiser passionné, puis retombèrent sur le lit, épuisés.

Brittany s'abandonna quelques instants à la rêverie, bercée par le cri des mouettes. Puis, effrayée par l'intimité qu'ils partageaient, elle quitta le lit d'un bond, lissa les pans de sa robe et se dirigea vers le miroir pour remettre de l'ordre dans sa coiffure.

— Nous avons commis… une erreur. Cela n'aurait jamais dû arriver, dit-elle d'une voix tremblante.

Son reflet dans le miroir lui renvoyait l'image d'une femme éperdue.

Il fallait à tout prix qu'elle reprenne le contrôle de ses émotions.

— Cela ne se reproduira pas, dit-elle d'un ton plus assuré.

Lorsqu'elle croisa le regard de Cairo dans le miroir, elle vit qu'il lui souriait. S'approchant d'elle, il l'enlaça tendrement et l'attira contre lui. Aussitôt, Brittany se sentit fondre dans ses bras. Sa volonté s'émoussait à mesure que le désir s'insinuait à nouveau dans ses veines.

— Tu vas m'épouser dans cinq minutes environ, lui rappela-t-il avec fermeté. Tu ne pourras pas t'empêcher de penser à ce que nous avons partagé en remontant l'allée qui te conduira à l'autel. Je ne veux pas d'un mariage dépourvu de sexe, Brittany. Et certainement pas avec une femme qui me désire autant que je la désire.

— Je…

Brittany se tut, ne sachant pas réellement ce qu'elle voulait ou pouvait dire alors que son corps réclamait celui de Cairo.

Elle avait envie de connaître à nouveau l'extase entre ses bras…

— J'ai toujours eu l'intention de te séduire, reprit-il en l'obligeant à se retourner pour plonger son regard dans le sien. À présent, tu m'appartiens.

Si Cairo ne l'avait soutenue, ses genoux se seraient sans doute dérobés sous elle.

— Devenir ta femme ne signifie pas que…

Une fois encore, les mots lui manquèrent.

Cairo avait raison : elle lui appartenait. Plus rien ne comptait à ses yeux, excepté cet homme, ses mains sur sa peau, ses lèvres sur les siennes, l'union de leurs corps.

Ce jour demeurerait gravé à jamais dans son souvenir, quoi qu'il arrive.

— Il faut te faire à cette idée, Brittany, ajouta-t-il avec un sourire dévastateur. A partir d'aujourd'hui, tu seras ma femme et aussi ma reine même si je n'ai plus de royaume. En un mot, tu seras mienne.

7.

L'union du dernier des Santa Domini avec une danseuse de cabaret devait être célébrée dans une chapelle privée dont la construction remontait à l'époque de la Renaissance italienne.

Cairo était le premier de sa famille depuis des siècles à célébrer ses noces ailleurs que dans l'immense cathédrale située dans la capitale de Santa Domini.

Depuis trois siècles, très exactement.

Tandis que résonnaient les hymnes, Cairo se tenait devant l'autel construit par ses ancêtres à côté d'une femme pour qui il éprouvait des émotions qu'il aurait été bien en peine de décrire.

Toutes ses pensées le ramenaient à Brittany. La seule personne qui avait su percer le masque derrière lequel il se retranchait. Et elle serait sa femme, désormais.

Plusieurs princes européens accompagnés de leur cour occupaient les bancs disposés derrière lui, mais Cairo en avait oublié jusqu'à leur présence. Il songeait à la jeune femme qu'il avait faite sienne un peu plus tôt, lui volant son innocence. À son corps chaud, à la saveur exquise de sa peau, à leurs étreintes passionnées. Le souvenir de ses lèvres contre les siennes faisait courir des ondes de désir dans tout le corps.

Comme il peinait à contrôler ses émotions, il serra les dents pour masquer le trouble qui l'agitait.

N'oublie pas qu'il s'agit d'une mascarade, se morigéna-t-il en reportant son attention sur la voix du prêtre et les mots sacrés qu'il prononçait.

Il fallait aller au bout du plan que Brittany et lui avaient élaboré ensemble. Il en allait de l'atteinte des objectifs que chacun poursuivait dans cette aventure.

Quelques semaines auparavant, trois jours après leur dîner de fiançailles, Brittany avait exprimé quelques doutes sur la réussite de leur entreprise. Installés dans sa demeure parisienne, ils contemplaient les modèles de robes de mariage dessinés par un grand couturier italien. Des modèles somptueux, d'une élégance raffinée qui, selon Brittany, ne convenaient pas à leur projet.

— Une vraie princesse britannique pourrait porter l'une de ces tenues. Je pensais que vous opteriez pour quelque chose de plus… tape-à-l'œil.

— Tout le monde s'attend à cela en effet, avait-il admis d'un ton léger. Mais j'ai eu une autre idée…

Brittany avait gardé le silence un long moment. Il y avait une certaine distance dans son regard, comme si elle cherchait à se protéger. Puis Cairo avait chassé de son esprit cette idée saugrenue. De quoi aurait-elle souhaité se protéger puisque ce mariage allait combler tous ses désirs ?

— Je ne comprends vraiment pas, avait-elle insisté en pesant chaque mot. Je croyais que le but de cette mascarade était d'horrifier le monde entier en vous affichant avec une… vulgaire danseuse.

— Je veux offrir un spectacle un peu plus raffiné que celui auquel tout le monde s'attend, pour mieux brouiller les cartes. Si nous options pour une cérémonie spectaculaire, cela pourrait paraître suspect. Inutile de jouer le jeu de la provocation comme vous l'avez fait lors de votre précédent mariage avec un homme d'un milieu différent du vôtre.

Ses grands yeux noisette s'étaient assombris un court instant, puis Brittany avait levé fièrement le menton. Son courage était admirable, il ne pouvait le nier. C'était sans doute l'une des raisons pour lesquelles elle l'attirait autant.

Après l'avoir dévisagé longuement en silence, elle avait déclaré :

— J'ai compris. Vous voulez qu'on vous plaigne.

Elle avait alors baissé les yeux puis s'était mise à faire tourner la bague autour de son doigt d'un air pensif avant d'ajouter :

— Je dirais même pire : vous voulez qu'on se moque de vous… et de moi. Comme le dit le dicton : L'habit ne fait pas le moine. Tout le monde pouffera en me voyant déguisée en princesse.

Brittany avait alors relevé les yeux vers lui. Ne pas flancher sous son regard accusateur lui avait demandé un effort considérable. Pourtant, jusqu'ici il n'avait jamais eu honte de son comportement. Depuis des années, il s'évertuait à projeter une image déplorable dans un but bien précis, et il était bien déterminé à poursuivre dans cette voie. Car même si l'état de santé du général Estes ne cessait d'empirer, il ne dévierait pas de son cap.

— C'est exact, avait-il admis sans détour, en se forçant à rester impassible…

Le moment de dire oui était arrivé. Ce qu'il fit d'une voix forte afin d'affirmer aux yeux de tous sa volonté de partager sa vie avec cette femme.

Quand vint le tour de Brittany, il resserra instinctivement ses doigts autour des siens. La peur de la voir renoncer à ce mariage l'étreignit soudain, mais un grand soulagement le saisit quand elle prononça à son tour le « oui » fatidique.

Il devait l'admettre : jusqu'au dernier moment, il avait craint une volte-face de la part de Brittany. Maintes fois, il l'avait imaginée s'enfuyant à toutes jambes, son voile flottant derrière elle. Il s'était même fait une raison : si telle avait été sa décision, il ne lui en aurait pas voulu.

Mais elle avait tenu parole. Et à présent, elle se pliait docilement à l'usage, acceptant l'alliance que son mari lui glissait au doigt.

Curieusement, Cairo vécut ce moment avec solennité. Le monde entier pensait savoir qui était Brittany, alors qu'il était le seul à connaître sa nature profonde.

Et cette femme était sienne désormais, dans tous les sens du terme.

— Vous pouvez embrasser la mariée, déclara le prêtre.

Cairo n'avait pas envie de se limiter à un baiser, mais il se tenait face à un public qui attendait de lui qu'il joue son rôle à la perfection : celui d'un homme abusé par une femme à la réputation douteuse.

Tous deux se tenaient de profil, les mains jointes, le regard rivé l'un à l'autre. Malgré le sourire victorieux qu'affichait Brittany, lui seul percevait l'intensité de son regard. Un frisson le parcourut au souvenir de ce qu'ils avaient partagé dans la chambre, quand leurs deux corps s'étaient mêlés avec passion.

Seigneur, comme il avait envie de revivre une telle extase !

Refrénant son envie de serrer Brittany à l'étouffer, il l'attira doucement contre lui, puis pressa sa bouche contre la sienne. Il la sentit trembler quand il approfondit son baiser. Puis, il la relâcha à contrecœur, bouleversé par l'intensité du désir qui le submergeait à nouveau.

Brittany aussi semblait perdue dans le souvenir de leurs étreintes torrides. Quand elle reprit pied dans la réalité, elle murmura contre ses lèvres :

— Ton instinct possessif n'aura échappé à personne… Tu aurais aussi bien pu marquer tes initiales au fer rouge sur ma peau.

— Est-ce une demande ? Ou un défi ?

Ils se dévisagèrent longuement puis se tournèrent vers

leur public, main dans la main. Cairo pressa ses doigts entre les siens. Brittany était désormais sa reine. Peu lui importait l'opinion des curieux qui les dévoraient des yeux.

Il n'avait plus qu'une hâte : l'emmener en lune de miel.

Il ne se rappelait pas avoir ressenti autant de désir pour quiconque.

Sa femme, inutile de le nier, le comblait au-delà de toutes ses espérances.

Tandis que tous deux sortaient de la chapelle, une pensée l'assaillit. Totalement obnubilé par Brittany, il en avait oublié jusqu'à son royaume perdu…

Un déjeuner somptueux leur fut servi dans le donjon du château aménagé pour l'occasion. Puis quand tous les invités se regroupèrent dans la salle de bal un vieil ami de la famille se précipita vers Cairo pour lui donner l'accolade.

— Je n'aurais jamais pensé assister à cela un jour, lui dit-il avec un sourire goguenard.

Harry Marbury, passablement éméché comme à son habitude, tenait à peine sur ses jambes. Il faisait partie de la noblesse anglaise décadente. Il menait une vie de débauché et dilapidait la fortune familiale au jeu.

— Heureusement que tu n'as pas besoin d'assurer la survie de ton royaume, ajouta Harry en lui adressant un clin d'œil. Tu en as été banni pour toujours et, malgré les rumeurs sur la santé défaillante du général, tu n'as aucune chance d'accéder un jour au trône. Tout de même, à quoi rime ce mariage ridicule ?

— Grandeur et décadence, répliqua Cairo avec un sourire, éludant l'allusion au général responsable des horreurs infligées à sa famille. Comme tu le dis si bien, je n'ai plus rien à perdre.

— De là à épouser… une moins que rien, il y a

quand même des limites ! s'exclama Harry d'une voix suffisamment forte pour être entendu de tous.

En voyant le sourire de Brittany se figer sur ses traits, Cairo ressentit un coup au cœur. Elle ne méritait pas plus que lui un tel affront.

— Ces filles-là, on les cueille dans le ruisseau, on s'en sert et puis on les jette ! ajouta Harry dans un grand éclat de rire.

Cairo serra les poings pour se retenir de frapper cet homme qui se prétendait son ami depuis toujours.

Il demeura de marbre, comme si les propos insultants qu'il venait d'entendre à l'encontre de sa femme ne l'atteignaient pas.

Son épouse… sa reine exilée.

Au souvenir de la passion qu'ils avaient partagée dans l'intimité, il retrouva son calme. Rien d'autre n'avait d'importance. Il devait continuer à jouer son rôle afin que les pique-assiette présents à son mariage rapportent les propos de Harry aux paparazzis.

Il imagina les gros titres qui figureraient dès le lendemain à la une des journaux à scandale, et cette idée le rasséréna. C'est pourquoi il prit le parti de rire, allant même jusqu'à taper dans le dos de Harry, alors qu'il aurait aimé l'écraser comme un vulgaire cafard.

Autour de lui, tous les regards pesaient sur le couple qu'il formait avec Brittany. Des regards condescendants ou apitoyés.

Exactement ce qu'il avait voulu provoquer.

Quand il prit la main de sa jeune épouse pour l'entraîner sur la piste de danse, il oublia la présence de tous ces profiteurs venus assister à son mariage. La serrant contre lui, il plongea son regard dans ses grands yeux noisette et se sentit aussitôt à mille lieues de cette cérémonie ridicule.

— À te voir sourire, on dirait que tu es folle de moi, lui glissa-t-il d'un air faussement réprobateur. Les journaux auront du mal à trouver les adjectifs adéquats pour te décrire. Vénale ? Conquise ?

— Sans doute est-ce l'atmosphère romantique de cette journée qui me monte à la tête, répliqua-t-elle d'une voix un peu rauque. Un peu plus et je serais capable de déclarer que je suis tombée follement amoureuse de toi dès notre toute première rencontre.

À cette évocation, le cœur de Cairo cessa de battre un court instant.

Puis un étourdissement le saisit.

Enlaçant Brittany plus étroitement, il tenta de chasser le malaise qui s'était emparé de lui. Les dernières paroles prononcées par sa jeune épouse lui avaient causé une sorte d'électrochoc. Une chose était sûre, le désir qu'il ressentait pour cette femme lui faisait perdre la raison au point d'envisager l'impensable : transformer cette parodie de mariage en une véritable union destinée à durer toujours…

Mais ce n'était pas possible. Il ne pouvait pas s'autoriser à éprouver des sentiments pour cette femme. L'amour causait des ravages effroyables, il était bien placé pour le savoir. Il souffrait encore terriblement de la perte des siens. La profonde affection qu'il avait vouée à sa famille avait failli le terrasser. C'est pourquoi il s'était juré de ne plus jamais s'investir dans une relation.

Hélas ! il sentait que quelque chose s'était transformé en lui.

Quand Brittany lui avait offert son innocence, une brèche s'était ouverte dans son cœur. Puis quand elle avait prononcé le « oui » scellant leur union il avait ressenti une exaltation inouïe.

Sans doute s'agissait-il d'une manifestation orgueilleuse de sa part, rien de plus. Tout simplement parce qu'elle lui avait offert sa virginité.

Même si ce don précieux le touchait au plus profond de lui, il fallait qu'il reprenne le contrôle de ses émotions.

Toute sa vie, il avait été contraint à des choix difficiles. Son exil forcé lui avait coûté énormément. Mais il s'était armé contre la douleur. Peu importait qu'il souffre si cela pouvait sauver des vies. Son abnégation n'avait rien d'admirable, il avait simplement agi dans l'intérêt général et devait continuer dans cette voie. Sa survie et celle de ses sujets en dépendaient.

Fort de cette résolution, il baissa les yeux vers le visage de sa jeune épouse et, à nouveau, il se sentit chanceler. Pour la première fois depuis une éternité, il ressentit un élan qui le surprit par son intensité. Comme si *survivre* ne lui suffisait plus.

Il voulait davantage…

— Tu me fixes d'une manière dérangeante, lui dit Brittany en fronçant imperceptiblement les sourcils.

Tout comme Cairo, elle devait garder à l'esprit qu'ils se trouvaient en public et qu'ils attiraient tous les regards.

— Tu es ma femme, s'entendit-il dire d'un ton qui lui rappela celui qu'employait son père autrefois.

Un ton ferme et chaleureux à la fois, comme celui que réservait le roi de Santa Domini à ses fidèles. Un roi juste et respecté par son peuple. Un roi qui n'avait pas voulu engager son pays dans un conflit sanglant pour reconquérir le trône dont il avait été écarté. Un roi qui avait cru que son exil serait de courte durée…

— Tu es ma reine, reprit Cairo d'un ton sans réplique.

— Serait-ce une menace ?

— Non, une promesse.

Brittany l'observa avec ce regard distant dont elle avait le secret. Mais il savait qu'il avait touché un point sensible. Les masques qu'ils arboraient en public ne les préservaient plus. Tous deux savaient ce qu'ils cachaient.

À son réveil, Brittany s'étira de tout son long. Elle portait encore la robe fourreau jaune qu'elle avait revêtue après la cérémonie, tenue dans laquelle elle avait été maintes fois photographiée par la horde de paparazzis qui les attendait à l'aéroport au moment de leur départ en voyage de noces.

Une fois à bord de l'avion, elle avait tenu à garder ses distances avec son trop séduisant mari, cet homme qui avait le don de bouleverser ses sens chaque fois qu'elle s'en approchait de trop près.

Puis, lorsqu'elle s'était réfugiée dans cette cabine réservée aux invités, elle s'était allongée sur le lit tout habillée et avait sombré dans le sommeil.

Cairo ne l'avait pas suivie, ni retenue…

Et à présent, elle se réveillait… mariée pour la quatrième fois.

Retirant sa main de sous l'oreiller, elle contempla les bijoux qui ornaient ses doigts. Des bijoux bien plus somptueux que ceux que lui avaient offerts ses précédents maris.

Darryl, manquant à tous ses devoirs, ne s'était pas donné la peine de lui faire le moindre cadeau. Carlos en revanche lui avait offert un solitaire pour leurs fiançailles, puis une alliance en platine. Il était même allé jusqu'à financer leur voyage hollywoodien.

Pour ses fiançailles avec Jean-Pierre, Brittany avait reçu une bague ornée d'un rubis étincelant, puis, lors de leur mariage, deux anneaux entrelacés incrustés de rubis également.

La fille de Jean-Pierre avait esquissé une grimace de dégoût en contemplant le bijou. « On dirait que votre main a été plongée dans une mare de sang ! » s'était-elle écriée d'un air outré le jour du mariage.

Jean-Pierre avait réussi son pari : choquer sa progéniture.

Et aujourd'hui, elle arborait à son doigt le Cœur de Santa Domini et une magnifique alliance sertie de diamants qui brillaient de mille feux. Des bijoux prestigieux, ayant traversé plusieurs générations.

Brittany avait épousé une légende vivante.

Elle était à présent la reine de Cairo Santa Domini.

Quel que soit l'avenir qui lui serait réservé, quelle que soit la durée de son mariage, elle demeurerait la première femme de Cairo. Son nom figurerait dans l'arbre généalogique des Santa Domini, dans les livres d'histoire et aussi dans les encyclopédies.

De même que Cairo demeurerait son premier et peut-être unique amant…

Effarée par cette pensée, elle la chassa vivement de son esprit et s'assit dans le lit pour sonder la pénombre. Mais il n'y avait personne d'autre qu'elle dans la petite cabine. Quelle heure pouvait-il bien être ? Combien de temps avait-elle dormi ? Elle n'en avait pas la moindre idée. De même qu'elle ignorait la destination de leur vol. Cairo avait annoncé aux invités à leur mariage que leur lune de miel durerait un mois ou deux. Mais Brittany n'avait pas reçu plus d'informations. Elle n'avait pas demandé de précisions.

Les Maldives, New York, la lune… Quelle importance ?

Cette mascarade pouvait se poursuivre n'importe où…

Brittany poussa un soupir empreint de tristesse. Puis se rappelant qu'elle ne s'était pas soigneusement brossé les cheveux avant de dormir elle les démêla avec ses doigts et décida de les réunir en une longue natte. Heureusement que personne ne la voyait à cet instant précis. Dans ses vêtements froissés, elle n'avait plus rien d'une reine…

Cette situation était hallucinante. Rien de ce qu'elle vivait depuis des semaines ne semblait ancré dans le réel, contrairement à ce qu'elle avait connu avec ses précédents maris.

Elle gardait un souvenir atroce de sa première nuit de noces. Darryl, ivre mort, s'était montré peu délicat avec elle une fois qu'ils s'étaient retrouvés seuls dans leur minable chambre de motel. Elle lui avait échappé en s'enfermant jusqu'au matin dans la salle de bains.

Avec Carlos, les choses avaient été très claires : leur union factice devait servir leurs intérêts professionnels. On ne les filmait pas simplement dans le cadre d'une émission de télé-réalité. Leur vie de couple devait aussi défrayer la chronique.

Il en était allé de même avec Jean-Pierre qui souhaitait surtout provoquer sa famille, entreprise qu'il avait parfaitement réussie.

À présent, elle se retrouvait dans la peau d'une reine d'opérette… Un rôle qu'elle aurait pu interpréter avec brio si rien n'était venu perturber le scénario initialement prévu. Cairo avait percé le secret qu'elle gardait depuis si longtemps, et cela la rendait vulnérable.

Sentant l'angoisse la gagner, elle saisit la bouteille d'eau pétillante sur la table de nuit et en avala une longue gorgée.

« Tu ne pourras pas t'empêcher de penser à ce que nous avons partagé en remontant l'allée qui te conduira à l'autel », avait promis Cairo.

Il ne s'était pas trompé.

Pendant toute la cérémonie, elle s'était sentie fébrile. Quand ils avaient échangé leurs vœux, le souvenir de leurs étreintes passionnées s'était ravivé. Et à présent, elle se rongeait les sangs.

Pas seulement parce qu'ils ne s'étaient pas protégés en faisant l'amour. Non, sa plus grande contrariété venait du fait que son mari ne l'avait pas suivie dans cette cabine…

Plongée dans ses pensées, elle sursauta quand elle entendit vibrer son téléphone portable. En voyant s'afficher le numéro de sa mère sur l'écran, elle hésita un court instant avant de prendre la communication.

— Eh bien, eh bien, susurra Wanda Mae Hollis de sa voix rocailleuse d'ancienne fumeuse, comme c'est aimable de ta part de répondre à mon appel. Cela fait des semaines que j'essaye de te joindre.

— Bonjour, maman, répliqua Brittany d'un ton crispé.

Les conversations avec sa mère se terminaient toujours très mal, c'est pourquoi elle préférait les éviter.

— Pas la peine de me raconter tes derniers exploits, reprit Wanda Mae, on n'entend parler que de ça, partout où nous allons. J'espère que tu es contente de toi.

Une fois de plus, Brittany regretta d'avoir décroché. Pourquoi n'avait-elle pas banni sa mère de sa vie ? Sans doute à cause de ce minuscule espoir de voir leur relation s'améliorer avec le temps.

Quel leurre…

Recroquevillée sur elle-même, Brittany prit une profonde inspiration avant de dire :

— Merci pour ton appel, maman. C'est gentil de me présenter tous tes vœux de bonheur.

— Tu plaisantes, j'espère ! protesta Wanda Mae. Sais-tu que je ne peux pas faire un pas sans entendre parler de tes frasques ? Sais-tu ce que l'on dit de toi ? En as-tu au moins conscience ?

— J'imagine qu'on ne chante pas mes louanges. Aux yeux du monde, je ne suis sans doute pas la nouvelle Kate Middleton.

— Tu n'en as pas assez de provoquer des scandales ?

— Non, je ne peux pas m'en passer. Désolée si cela te blesse, maman.

— Tu te crois intelligente, n'est-ce pas ?

C'était une question rhétorique qui n'appelait aucune réponse. S'ensuivit une longue litanie de reproches. La main crispée sur le téléphone, Brittany laissa son esprit vagabonder. Elle se revit enfant, auprès d'une mère qui lui faisait constamment sentir qu'elle était de trop. Rien de ce qu'elle entreprenait n'avait de valeur à ses yeux. Pas même le fait d'élever ses autres rejetons à sa place. À seize ans, Brittany avait choisi la fuite pour ne plus être témoin de la vie dissolue de sa mère, sans pour autant l'abandonner. Pour que ses demi-frères et sœurs ne manquent de rien, elle avait subvenu à leurs besoins.

Mais pour Wanda Mae que sa fille lui envoie régulièrement de l'argent n'était qu'un juste retour des choses. Jamais elle ne lui avait témoigné la moindre gratitude.

Reprenant pied dans la réalité, Brittany se concentra sur les propos de sa mère.

— Pour couronner le tout, il a fallu que tu épouses un individu de la pire espèce ! Un pseudo-roi qui défraye la chronique depuis des années. Comment pourrais-je garder la tête haute désormais ?

— En redressant le cou, je présume, ironisa Brittany.

— Jolie repartie ! Quel humour ! Il n'y a pourtant pas de quoi rire. Tu as choisi d'unir ta vie à un pervers, un dégénéré…

— Mesure tes propos, maman, la coupa Brittany d'un ton glacial. Fais très attention. Si tu continues à insulter l'homme que j'ai épousé, il se pourrait bien que ton compte en banque se retrouve à sec. Comment feras-tu pour payer tes bières et tes cigarettes ?

— Menacerais-tu ta propre mère ?

— Je refuse de t'entendre proférer des critiques à l'égard de mon mari ou sur notre mariage.

— Voilà donc l'influence que ce sale type a sur toi !

— Ceci est un dernier avertissement, maman. Je ne plaisante pas.

Wanda Mae se tut, à la grande satisfaction de Brittany. C'était la première fois qu'elle sortait victorieuse d'une joute verbale l'opposant à sa mère.

— Écoute-moi bien, Brittany, reprit cette dernière d'une voix plus mesurée. Tu crois que je ne comprends rien à rien, mais tu te trompes. Je sais très bien pourquoi tu as quitté Gulfport. Pour toi, nous ne sommes que des bouseux.

— Je n'ai jamais pensé cela. Et si j'étais restée, tu aurais critiqué mes choix de vie exactement de la même manière.

— Je ne suis pas née de la dernière pluie, rétorqua

sa mère, éludant la dernière remarque de Brittany. Je sais ce qui arrive quand une fille pauvre tombe sous le joug d'un homme riche.

— Il y a longtemps que je ne suis plus une fille pauvre. Si je l'étais restée, tu n'aurais jamais encaissé autant de chèques signés de ma main.

— Ma pauvre enfant, ton destin est tout tracé. Les hommes riches adorent jouer ce genre de comédie. Ils aiment se pavaner au bras de jolies filles. Mais ne crois pas que ce soit gratuit de leur part. Ils savent te le faire payer. Un jour ou l'autre, il ne te restera que tes yeux pour pleurer.

— Merci du conseil, maman.

Sur ces mots, elle coupa la communication et jeta rageusement son téléphone sur le lit. Les derniers propos de sa mère l'avaient secouée.

Longtemps, ils résonnèrent en elle comme une prophétie…

8.

Ils atterrirent sur la petite île privée de l'archipel de Vanuatu à l'heure où, dans ce coin du Pacifique sud, l'aube striait de rose vif le bleu profond du ciel.

— Vanuatu, murmura Brittany alors qu'ils quittaient le jet pour rejoindre la piste.

Elle paraissait médusée.

— Tu m'as amenée à Vanuatu…

Elle venait de s'arrêter au pied de la passerelle, et Cairo la dévorait du regard. Pas plus la mer que le sable blanc, ou l'immense demeure qu'il avait achetée dans ce coin reculé du monde, ne parvenaient à retenir son attention. Il n'avait d'yeux que pour celle qu'il venait d'épouser. Sa femme, irrésistible dans cette robe froissée, les cheveux nattés dans le dos.

Sa femme, qu'il n'avait pas suivie lorsqu'elle s'était barricadée dans une cabine, durant les vingt-quatre heures de vol. Il lui en avait coûté, mais il s'était efforcé de se raisonner, de comprendre qu'elle avait besoin de temps. D'espace. De calme, après le tourbillon qu'avait été leur mariage. Peut-être aussi d'accepter ce qui s'était produit entre eux dans ce château, avant qu'ils prononcent les vœux traditionnels. Elle devait désormais admettre qu'ils étaient bel et bien *mariés*.

Pour toutes ces raisons, il avait choisi de ne pas intervenir lorsque Brittany s'était isolée. Ce qui lui avait en outre permis de réfléchir et de prendre du recul.

Ce qui s'était produit entre eux ne devait en aucun cas l'ébranler. Il ne s'agissait jamais que d'une affaire de sexe. Leur mariage n'avait d'ailleurs aucune valeur. Un petit spectacle de plus, voilà tout.

Il n'en restait pas moins que Brittany était sa femme…

La légère brise marine jouait dans ses cheveux vaguement tressés, qu'elle venait de rabattre sur une épaule. Elle avala sa salive, et il se surprit à fixer sa gorge, comme s'il lui était possible d'y déceler un quelconque indice. De trouver des réponses aux questions qu'il n'osait pas poser.

— C'est tout à fait ce que j'avais imaginé, dit-elle d'une voix posée.

Trop posée.

— Tu souhaitais bien venir ici, n'est-ce pas ?

Cairo serra les mâchoires. Dans ce paysage de rêve où régnait la quiétude, sa voix avait résonné durement à ses oreilles.

Il avait l'impression d'être une parodie de lui-même. Ses propres vêtements portaient la marque de l'imposture. Ce T-shirt qui lui moulait le torse et ce pantalon en lin décontracté ne lui ressemblaient pas. Ils donnaient de lui l'image d'un adepte de la plage et du bronzage, pas celle d'un roi. Pas même celle d'un monarque habitué à faire la une des magazines people, rôle qu'il s'était employé à jouer ces dernières années. Et cela le mettait mal à l'aise.

Il était cependant peu probable que Brittany oublie qui il était. Pas plus qu'il ne l'oublierait lui-même.

— J'ai toujours rêvé de connaître ce coin du monde, répondit-elle enfin.

Elle n'en dit pas plus long, et il remarqua qu'elle avalait de nouveau sa salive avant de cligner les paupières, comme pour chasser quelque chose de son esprit. Leur mariage ? Lui ?

Quelle importance ? Cela lui était bien égal.

— L'île t'appartient, lâcha-t-il d'un ton bourru.

Elle se tourna lentement vers lui.

— L'île… *m'appartient* ? répéta-t-elle d'une voix mal assurée. Que veux-tu dire par là ?

D'un signe de tête, il invita le personnel qui attendait un peu plus loin à récupérer leurs bagages, et prit la jeune femme par le bras avant d'emprunter le chemin sinueux qui conduisait à la demeure. Elle ne chercha pas à lui résister, et le contact de sa peau nue sur la sienne lui procura d'étranges sensations. Bon sang, que lui arrivait-il ? Il se comportait comme un adolescent à son premier rendez-vous ! C'était déroutant. Effrayant, même.

Les sourcils froncés, il continua d'avancer vers la maison, située dans la partie la plus sauvage de l'île. Immaculée, entourée de terrasses et de galeries, elle cadrait parfaitement avec ce décor paradisiaque. Mais aussi idyllique soit-il, ce tableau le laissait presque indifférent. Il ne songeait qu'à celle qui avançait à côté de lui. La peau douce et fraîche de Brittany embrasait la sienne. Il n'avait jamais rien éprouvé de tel, ne s'était jamais senti aussi vulnérable.

— Considère cet endroit comme un cadeau de mariage, marmonna-t-il.

Il ne comprenait décidément pas ce qui lui arrivait. Pendant ce long vol, il avait eu l'impression de découvrir un tout autre aspect de sa personnalité. À croire qu'il avait abandonné toute forme de prudence dans un certain château d'Italie. Qu'il avait laissé là-bas les masques derrière lesquels il s'était longtemps caché. Auprès de Brittany, il était un homme et rien d'autre. Pas un roi en exil. Pas un être tombé en disgrâce. Et cette découverte lui procurait une sorte d'ivresse.

— On n'offre pas une île en cadeau de mariage, Cairo. C'est… absurde !

Tout au plaisir de savourer cette petite promenade matinale au bras de sa délicieuse épouse, il ne prêta aucune attention à ses propos. Ce tête-à-tête éveillait des souvenirs… *Eveillait* des souvenirs ? Voyons, de qui se moquait-il ? Il ne cessait de penser aux moments fougueux qu'ils avaient partagés. Certaines images le harcelaient jour et nuit. A vrai dire, il ne cherchait pas non plus à les chasser de son esprit.

— Je commençais à me demander si je n'avais pas par hasard épousé la Belle au bois dormant, ironisa-t-il.

Il sentit la main de la jeune femme se crisper sur son bras, et en éprouva un certain plaisir. Du moins réagissait-elle. Tout lui semblait préférable à la léthargie dans laquelle elle paraissait s'être plongée.

— La Belle au bois dormant associée à un roi sans trône, au lieu du traditionnel prince charmant…, ajouta-t-il. Sacrée erreur de casting, tu en conviendras !

Ce trait d'humour lui valut un bref regard en coin de Brittany.

— J'étais fatiguée.

— Vraiment ?

Après une brève hésitation, elle acquiesça. Il voulut alors sourire, de ce même sourire nonchalant qu'il avait toujours affiché, mais ses lèvres restèrent scellées.

— Ah ! Pour être tout à fait honnête, Brittany, il m'est arrivé de penser que tu avais décidé de te cacher dans cette cabine, pendant toute la durée du vol.

— Me cacher ? Pour quelle raison ?

Il remarqua qu'elle n'écartait cependant pas l'hypothèse.

— À toi de me le dire.

Mais elle ne souffla mot, et ils continuèrent d'avancer sur le chemin. Seuls le bruissement des feuilles de palmier et le murmure des vagues venant mourir sur le rivage brisaient le silence environnant. Comme la jeune femme repoussait ses cheveux en arrière, Cairo ressentit un brusque désir de glisser les doigts dans cette masse cuivrée. Il n'en avait pas oublié la douceur. Pas plus qu'il n'avait oublié le contact de ce corps brûlant serré contre le sien. Et moins encore le moment où ils s'étaient donnés l'un à l'un à l'autre.

Non, il n'avait rien oublié.

Il en était là de ses pensées quand Brittany reprit la parole.

— J'apprécie ce geste à sa juste valeur, mais je ne peux pas accepter un cadeau pareil. Surtout pour un mariage comme le nôtre… Destiné à ne pas durer.

— J'ai bien peur qu'il ne soit trop tard, Brittany.

Il s'arrêta au bout de l'allée où prenait fin l'immense pelouse parsemée de plantes tropicales en fleurs.

— L'île et tout ce qui s'y trouve t'appartient désormais. Mes avocats ont procédé au changement de propriétaire dès l'instant où nous avons été déclarés mariés… Pour le meilleur et pour le pire !

À ces mots, elle lui lâcha le bras, faisant mine de n'y prêter aucune attention. Il aurait admiré le prétendu naturel de ce geste s'il n'avait autant regretté de la sentir s'éloigner de lui.

— Non, murmura-t-elle d'une voix sourde, avant de se tourner vers l'horizon, où se déployait à présent une palette de tons roses et orangés.

Cairo aurait pu feindre de n'avoir rien entendu. Pourquoi, d'ailleurs, ne pas avoir eu recours à ce subterfuge ?

— Désolé que le cadeau ne te convienne pas ! lança-t-il d'un ton cinglant. Qu'est-ce qui te déplaît, au juste ? La taille de l'île ? La maison ? Tu aurais préféré quelque chose de plus grand ? Plus sophistiqué. Plus clinquant. Une villa à Dubai, peut-être ?

— Non, bien sûr.

Elle secoua la tête, fixant toujours l'immensité azur de l'océan.

— J'ai grandi dans une caravane. Avec ma mère, qui collectionnait les aventures, et quatre autres enfants. N'importe quel endroit où je pourrai disposer d'une chambre à ne pas partager aura pour moi des allures de palais. Mais *ceci*…

Le menton pointé vers la demeure, elle hésita. Quand elle se tourna enfin vers Cairo, elle avait le regard sombre.

— La maison est belle. Tout ici est beau. Bien plus que ce que j'avais imaginé.

— Dans ce cas, je ne vois pas bien où est le problème.

Il changea de position et croisa les bras, conscient de ne pas réagir comme il l'avait toujours fait jusqu'ici. De manquer de cette assurance frisant parfois l'arrogance, qui correspondait à son image.

Pourquoi cette femme avait-elle sur lui une telle influence ? Il croyait le savoir. Lorsqu'il avait connu Brittany, pas un seul instant il n'avait imaginé qu'elle puisse être vierge, innocente.

Or, il n'y avait dans sa vie de séducteur sans scrupule aucune place pour l'innocence.

Pourtant, les moments passés avec la jeune femme dans ce château étaient les plus authentiques qu'il ait jamais vécus depuis plus de vingt ans, et il rêvait de renouveler l'expérience.

Il la désirait. Il voulait rester auprès d'elle, continuer d'être l'homme qui s'était révélé en sa présence.

— Très simple, Cairo. Vois-tu, il se trouve que ce rêve est *le mien*. Je t'en ai parlé, mais ça ne te donne pas le droit de t'en servir pour amuser la galerie.

— Je suppose que tu fais allusion à notre mariage.

— Mariage, show, mise en scène… Libre à toi de choisir ! Mais nous savons bien tous les deux qu'il s'agit d'une mascarade. Venir à Vanuatu est un rêve que j'ai nourri pendant des années. Un rêve qui m'a permis de supporter les horribles choses qu'on disait à mon sujet, de tenir bon envers et contre tout. Et tu voudrais maintenant que ce rêve porte le sceau d'une imposture ? Qu'il soit terni par…

— … moi ? finit-il à sa place, imperturbable.

Bien sûr, Brittany ne voyait que l'image qu'il donnait de lui. Elle se fiait aux apparences, sans chercher à savoir qui se cachait derrière ce personnage pas toujours sympathique.

— Tes rêves à toi, je ne les connais pas ! répliqua-t-elle avec impatience.

— Je suis un roi sans royaume, sans rêves.

Il ponctua ces mots d'un petit rire sec qui sonna bizarrement à ses propres oreilles.

— A ton avis, quels pourraient bien être mes rêves, Brittany ?

— Je ne sais pas, je ne peux parler que des miens.

Le menton relevé, elle ajouta :

— Je rêve de quelque chose qui m'appartienne, vraiment. D'un endroit où il n'y ait personne pour m'observer, se livrer à mille conjectures à mon sujet. Je rêve d'un lieu parfait, protégé, très loin de celui où j'ai vécu. Un lieu où il me soit possible de disparaître. As-tu une idée, aussi minime soit-elle, de ce que cela signifie ?

— Peut-être. J'imaginerais bien une maison confortable et bien aménagée, située sur une île lointaine... Voyons, où serait-il possible de trouver un coin pareil, à ton avis ? Ici, peut-être ?

— Je te rappelle que je joue un rôle, Cairo !

Elle avait parlé vite, d'une voix saccadée, et la voir perdre ainsi le contrôle de la situation lui procura un certain plaisir. Ses émotions transparaissaient enfin.

— Depuis mon enfance, enchaîna-t-elle. Ce voyage à Vanuatu était censé survenir dans ma vie quand j'aurais enfin tout laissé derrière moi. Certainement pas alors que je me livre à une autre comédie !

Il vit ses lèvres trembler, et eut une irrésistible envie de l'embrasser. Elle était si attirante, si belle. Plus belle encore que le décor paradisiaque qui les entourait. Elle recula alors d'un pas, comme si elle cherchait à mettre plus de distance entre eux. Quoi qu'elle prétende, Brittany était elle aussi troublée par cette situation.

— Viens, lui dit-il à voix basse.

— Je suis là.

— Approche.

— Je suis déjà tout près de toi !

Le ton vif sur lequel elle avait répliqué accentua le désir qui le tenaillait. Fallait-il qu'il soit fou ! Aucune importance. Sans hésiter plus longtemps, il tendit les mains vers elle et l'attira à lui. Le petit gémissement qu'elle poussa alors attisa la flamme qui le dévorait.

— Cairo…

— Quelle comédie, Brittany ? Nous sommes quasiment seuls sur cette île ! Devant qui nous donnons-nous en spectacle ? Il n'y a que *nous*, toi et moi.

Elle leva lentement le visage vers lui, et il vit scintiller son regard.

— Il n'y a pas de « nous », chuchota-t-elle d'une voix rauque. Le couple que nous formons n'est qu'un simulacre.

— Un simulacre ? Vraiment, *tesorina* ?

Resserrant son étreinte, il se pencha vers elle et leurs lèvres se joignirent en un baiser brûlant.

Pendant les semaines qui suivirent, Brittany eut l'impression de vivre un rêve éveillé. Ce rêve qu'elle chérissait depuis si longtemps était devenu réalité. Il dépassait même, et de loin, tout ce qu'elle avait pu imaginer. Dans ce lieu idyllique, elle découvrait mille plaisirs : les bains dans la superbe piscine, le jacuzzi, les succulents repas, les heures de détente dans les hamacs, les promenades sur la plage, l'infinie beauté du paysage, quel que soit le moment de la journée ou de la nuit. Cet environnement au luxe simple représentait pour elle une perpétuelle découverte, dont elle se délectait.

Par-dessus tout, elle appréciait la solitude dont ils jouissaient. Leur première étreinte, à leur arrivée sur l'île, s'était terminée dans la vaste et lumineuse suite de la demeure. Ils s'étaient alors employés à lutter contre le décalage horaire, de la manière la plus agréable qui soit. Et à partir de ce moment-là, ils avaient décidé d'un commun accord de se couper du monde.

— Nous ne manquerons à personne pendant ces cinq semaines, avait dit Cairo le soir même tandis que, depuis leur terrasse, ils admiraient le soleil qui se couchait dans un dégradé de tons flamboyants. Il y aura bien d'autres unes de journaux pour occuper les curieux, et je doute que beaucoup de gens s'intéressent longtemps à notre disparition.

Lui effleurant la nuque du bout des doigts, il avait ajouté avec un sourire lascif :

— Qu'en penses-tu, *tesorina* ?

Elle n'avait pu qu'acquiescer. Comment refuser une proposition pareille, après les moments intenses qu'ils partageaient depuis leur arrivée sur l'île ? Jamais elle n'aurait imaginé éprouver une telle fougue, un tel bonheur dans les bras d'un homme. Leurs échanges, à la fois tendres et passionnés, la transportaient au septième ciel. Et bien qu'étant novice en la matière, elle devinait que Cairo éprouvait lui aussi un plaisir infini durant leurs ébats.

Auprès de lui, elle ne se lassait pas de découvrir cet univers sensuel auquel elle s'était jusque-là toujours refusée. Subjuguée par les caresses qu'ils échangeaient, elle explorait son propre corps tout comme celui de son amant. Et elle entendait bien prolonger autant que possible ce merveilleux voyage, rester aussi longtemps que possible dans cette bulle magique.

Car il s'agissait bien d'une bulle, susceptible d'exploser à chaque instant. Elle était bien placée pour le savoir. Que de fois elle avait vu sa mère s'attacher à un homme avec lequel elle partageait son lit ! Son lit et rien d'autre. Aussi forte soit-elle, l'entente qui s'établissait entre deux corps ardents de désir restait superficielle.

Brittany s'était bien juré de ne jamais tomber dans ce piège. Cela ne l'empêchait pas pour autant de profiter du moment présent. Elle aurait bien le temps de retrouver sa voie lorsque cette parenthèse amoureuse se refermerait.

— N'est-ce pas le but d'une lune de miel ? lui avait-elle répondu, souriant elle aussi. S'éloigner de tout, de tout le monde…

Il lui avait alors adressé l'un de ces irrésistibles sourires auxquels elle commençait à s'habituer.

— Ah ? Je croyais que les jeunes mariés ne s'échappaient que pour prendre de belles photos, qu'ils publiaient ensuite sur les réseaux sociaux.

Dans un éclat de rire, ils s'étaient rapprochés l'un de l'autre pour échanger un long baiser.

Les journées, d'une exquise langueur, s'écoulaient doucement. Ils se promenaient sur la plage pour profiter du soleil, se réfugiaient à l'abri sous l'une des galeries lorsque s'abattaient de fortes pluies, afin de ne rien perdre de ce spectacle inhabituel sous ces latitudes. À la nuit tombée, ils contemplaient le firmament étincelant, où scintillaient des milliers d'étoiles. Ils échangeaient leurs points de vue sur la politique, la société, discutaient des livres et des films qui leur avaient plu.

Ils s'exploraient en fait mutuellement, avec une ferveur qui aurait effrayé Brittany si elle avait pris le temps d'y réfléchir — ce dont elle n'avait aucune envie. Le lien qui se tissait entre eux lui semblait aussi inévitable que les brusques averses tropicales, ou bien le bruit des vagues, ou encore le flamboiement du ciel au crépuscule. Elle ne pouvait pas s'y soustraire, et ne le souhaitait pas :

elle s'abandonnait avec délices à cet environnement tout comme à cette relation.

Sur cette île, il n'y avait pas de roi, pas de danseuse de cabaret. Il n'y avait qu'un homme et une femme irrésistiblement attirés l'un vers l'autre. Un homme et une femme désireux de partager tous les beaux moments que leur offrait la vie.

Le temps passait, et Brittany s'apercevait qu'elle connaissait par cœur le corps de Cairo. Elle savait où se trouvait le moindre grain de beauté, la moindre imperfection. Elle connaissait aussi les zones les plus sensibles de ce superbe corps masculin, le goût, la texture de sa peau, et ne s'en lassait pas. Pas plus qu'elle ne se lassait des caresses intimes que lui prodiguait son amant. Elle avait l'impression que chaque minute écoulée les rapprochait un peu plus l'un de l'autre. Loin de s'émousser, leur désir mutuel semblait s'accentuer au fil du temps. Leur entente aussi.

Mais cela ne durerait pas. Leur relation était destinée à être éphémère, elle ne l'oubliait pas. Peut-être était-ce cela qui la rendait si intense.

Elle parlait beaucoup avec Cairo, et il ne lui avait pas fallu plus de quelques jours pour mesurer à quel point leurs existences avaient été différentes. L'un comme l'autre ponctuaient d'anecdotes le récit de leur enfance et adolescence, cherchant à les montrer sous un jour léger — version très éloignée de la réalité.

Il lui racontait les expériences vécues dans les différents pays qu'il avait habités, lui rapportait les événements marquants de son éducation, de ses études. Nul autre au monde ne connaissait mieux qu'elle le roi exilé de Santa Domini, elle en était convaincue. Et c'était réciproque, car elle s'épanchait elle aussi en toute liberté.

Tu n'as pour lui aucun secret. Il sait tout de toi. Absolument tout.

*
* *

Un soir, après avoir dégusté un délicieux plat de poisson grillé servi avec des légumes locaux, ils sortirent sur la terrasse pour savourer la douceur de la nuit tropicale. Ils s'installèrent dans la même chaise longue, serrés l'un contre l'autre, comme ils le faisaient souvent.

Leur arrivée sur l'île remontait maintenant à un mois. Brittany n'avait cessé d'y penser depuis le matin. Le temps passait si vite… Cet homme contre lequel elle s'appuyait, cet homme au regard caramel, vêtu simplement d'un jean et d'un T-shirt, allait bientôt disparaître de son univers. Plus que quelques jours et chacun reprendrait sa route, rejoindrait la scène où se déroulait sa vie. Comme convenu, ils mettraient fin à ce tout récent mariage, chaque chose retrouverait sa place, et ces quelques semaines de rêve feraient partie du passé.

Un passé révolu.

L'heure du réveil approchait ; or, elle n'avait aucune envie de se réveiller. D'autant qu'un autre sujet de préoccupation s'insinuait en elle : pour la première fois de sa vie, elle n'avait pas eu ses règles à la date habituelle. Elle les attendait depuis deux semaines. Deux semaines de retard ! Difficile d'attribuer une durée aussi longue au stress ou au décalage horaire.

Elle s'efforçait d'y penser le moins possible et, surtout, refusait d'imaginer les conséquences d'une hypothétique grossesse. Si un enfant se présentait, alors qu'ils étaient sur le point de divorcer…

— Tu as l'air ailleurs, ce soir, Brittany.

Il s'était adressé à elle d'une voix calme, nonchalante. Celle d'un homme détendu, qui profite pleinement de ses vacances. Ne se sentant pas le courage de gâcher ce moment de quiétude, elle choisit de ne pas formuler ses soupçons. A quoi bon ? Rien ne pressait, et autant savourer ce merveilleux intermède qui touchait à sa fin.

— Il ne nous reste plus qu'une semaine à passer ici, murmura-t-elle. Ça ne va pas être évident de retrouver la réalité, les magazines…

Elle esquissa une grimace, puis repoussa en arrière ses cheveux qui ondulaient dans cette atmosphère humide. Après avoir tenté les deux premiers jours de lutter contre ses boucles rebelles, elle avait fini par y renoncer. Derrière elle, Cairo glissa la main dans sa chevelure, et enroula l'une de ces boucles autour de son index.

— Quelle existence mènerais-tu si tu décidais de quitter le monde du spectacle ? De vivre une vie « normale » ?

— Tout dépend de ce que tu appelles une vie « normale », répondit-elle avec un haussement d'épaules. Je ne sais même pas si cela existe…

Comme elle penchait la tête en arrière, il s'inclina vers elle pour effleurer ses lèvres d'un baiser.

— C'est un concept qui m'échappe aussi. Mais imagine-toi vivre sans la pression de la presse à scandale susceptible de surgir devant toi à tout moment. Imagine-toi être à l'écart des caméras et des appareils photo. Que serait ta vie ?

Elle hésita.

— Je pense que… J'aimerais habiter une maison avec jardin.

Ces premiers mots la surprirent elle-même, mais elle ne fut pas longue à développer cette idée.

— J'aimerais cuisiner de bons petits plats pour ma famille. Suivre de près le parcours scolaire de mes enfants, participer aux réunions de parents d'élèves. J'aimerais bien aussi avoir un chien. Un labrador.

Tout contre son dos, elle sentit le torse de Cairo gonfler, juste avant qu'il éclate de rire.

— C'est un portrait très complet que tu dresses là ! Et tu ne danserais plus ?

— Si. Pour mon plaisir, pas pour gagner de l'argent. Voilà ce qui se produit quand on décide de vivre de ce qu'on aime : on finit par l'aimer beaucoup moins. On n'exerce plus cette activité que pour régler ses factures. Mais j'imagine que les factures sont le cadet de tes soucis ! conclut-elle d'un ton léger.

— Sache que, comme le commun des mortels, je règle les miennes.

Il lui parlait en toute liberté, avec naturel. Elle décelait aussi dans sa voix une indéniable tendresse. Tout cela disparaîtrait lorsqu'ils redeviendraient les cibles de la presse à scandale — ce qui se produirait très rapidement, surtout si elle était enceinte.

Ne pense pas à cela.

— Des factures un peu plus élevées quand même que celles du « commun des mortels », non ?

Comme il la serrait plus fort contre lui, elle baissa les paupières et se laissa aller au bonheur de l'instant.

— À mon tour de te poser la question, reprit-elle au bout de quelques secondes. Que ferais-tu, toi, si tu pouvais mener une vie normale ?

Il resta longtemps immobile.

— Je crois bien ne pas savoir ce que signifie « normal », dit-il enfin, au moment où elle pensait qu'il ne lui répondrait pas. Je n'ai aucune idée de ce que cela peut représenter.

— Tu pourrais par exemple être comptable.

L'image de Son Altesse Royale jouant les gratte-papier dans un bureau lui fit froncer le nez.

— Ou… un barde ambulant, suggéra-t-elle encore, dans un éclat de rire. Est-ce que tu sais chanter, Cairo ? Ce serait un plus, bien sûr !

— Tout ce que je sais faire en fait, c'est *être moi*.

Ces mots, il les avait prononcés lentement, d'une voix profonde. Brittany, qui ne partageait pas cet avis, se tourna vers lui, puis noua les bras autour de son cou. Lovée contre lui, elle parsema de baisers légers ce visage qu'elle connaissait par cœur à présent. Les pommettes hautes, les joues délibérément mal rasées… À croire que Cairo cherchait ainsi à occulter la vérité à son sujet, ce qui relevait de l'impossible. Rien n'y parviendrait, pas plus l'exil que l'acharnement de la presse ou son propre penchant pour l'autodestruction.

Sans la lâcher, il se glissa sous son corps, comme il l'avait fait tant de fois. Mais au lieu d'entrer dans ce jeu qui leur plaisait tant, elle se redressa et fouilla son regard d'ambre.

— A vrai dire, je n'ai jamais réussi à m'adapter aux événements, reprit-il d'un ton songeur.

Comme il haussait les épaules, elle pensa qu'il allait l'embrasser et éluder ainsi le sujet, comme il l'avait fait tant de fois. Elle fut donc très surprise quand il reprit la parole.

— J'ai été élevé pour succéder à mon père. Il a dû s'exiler, mais a toujours pensé qu'il s'agissait d'une situation transitoire. Il avait la ferme intention de remonter sur le trône de Santa Domini.

Elle vit ses traits se durcir et, bien qu'il ait gardé ses mains sur ses hanches, devina qu'il était en pleine immersion dans le passé.

— Mais rien n'a changé après sa mort. J'étais le roi officieux. J'étais… moi-même ! J'ai eu beau dire à qui voulait bien l'entendre que ce rôle de roi n'était pas fait pour moi, tous les fidèles qui m'entouraient s'obstinaient à espérer que le royaume me reviendrait un jour. Les années ont passé, et ces gens-là y croient toujours.

Les mâchoires serrées, il chercha le regard de celle qu'il avait épousée, avant d'ajouter d'un ton sec :

— J'ai représenté pour mon peuple la plus lourde des déceptions. Voilà en quoi a consisté jusqu'ici mon rôle « normal » dans la vie.

— Non !

Le mot avait franchi spontanément les lèvres de Brittany, et elle ne le regrettait pas.

— Il n'y a rien en toi rien de décevant, Cairo, enchaîna-t-elle, en proie à une étrange colère.

Colère qui n'était pas dirigée contre lui, mais contre le sort que la vie lui avait réservé. Elle vit son regard s'adoucir, puis il tendit la main vers elle et, en un geste qui lui était devenu familier, enroula de nouveau une boucle rousse autour de son index.

— À t'entendre, je serais un homme respectable, digne de reconquérir le trône de Santa Domini. Compte tenu de notre relation, j'ai bien peur que ton avis ne soit pas très objectif, *tesorina*.

— Erreur… Votre Altesse !

Un sourire empreint de tristesse se dessina sur ses lèvres tandis qu'il secouait doucement la tête, et elle se sentit elle aussi envahie par le chagrin. Qu'imaginait-il ? Qu'elle était aveuglée par leurs ébats passionnés ? Pensait-il réellement n'avoir d'autres qualités que celles d'un bon amant ?

Ce fut alors qu'elle vit clair en elle. Elle avait jusqu'ici cherché à se voiler la face, mais c'était évident. Rien n'avait changé autour d'eux, entre eux. Pourtant…

Ce dont elle venait de prendre conscience bouleversait l'ordre des choses.

Elle l'aimait.

Depuis quand ? Sans doute depuis leur toute première rencontre. Depuis l'instant où leurs regards s'étaient croisés pour la première fois.

C'était une catastrophe. Elle se trouvait confrontée à ce qu'elle avait toujours redouté, toujours fui : l'amour.

Un petit mot à la fois simple et terrifiant.

Depuis son arrivée sur l'île, elle avait vécu à visage découvert, faisant tomber tous ses masques. Elle s'était ouverte à Cairo, offerte à lui. Et quelles que soient les surprises que risquait de lui réserver l'avenir, elle ne regrettait pas de s'être ainsi abandonnée. Même s'il s'avérait qu'elle était enceinte.

Elle ne dirait cependant rien à l'homme qui se tenait tout près d'elle et la dévorait du regard. Elle ne lui révélerait pas plus son amour pour lui, dont elle venait tout juste de prendre conscience, qu'une éventuelle grossesse.

— C'est toi qui te trompes, dit-il d'une voix rauque.

Elle retint son souffle. Il y avait dans l'expression du beau visage de son mari quelque chose de triste et de sage à la fois. Elle avait l'impression qu'il cherchait à s'éloigner d'elle. Comme s'ils étaient déjà sur le point de regagner l'Europe. Comme si l'heure de cette fin, convenue depuis le début, s'apprêtait à sonner.

Ils avaient toujours su que ce rêve était destiné à prendre fin. Que l'heure du réveil sonnerait. Cela ne les avait toutefois pas empêchés de vivre pleinement cette chimère.

— Brittany…

Mais il en resta là, et d'un même geste ils se réfugièrent dans les bras l'un de l'autre, prêts à fuir cette réalité qui pointait le bout de son nez.

La flamme qui brûla en eux ce soir-là fut plus forte que jamais, et il en coûta à la jeune femme d'attendre que son amant se protège, ce qu'il avait toujours fait.

Toujours, excepté la première fois.

Dès que leurs corps furent réunis, ils entamèrent ce ballet féerique et endiablé qui les conduisait toujours aux cimes du plaisir. Au fil du temps, une sorte de magie s'était opérée en eux, entre eux, les guidant jour après jour, nuit après nuit, vers de nouveaux sentiers, de nouvelles découvertes.

Je l'aime.

Ces petits mots lui traversèrent l'esprit dans un sillon incandescent, au moment où Cairo la faisait sienne. Puis elle ne pensa plus à rien.

9.

Ricardo arriva à bord du bruyant hélicoptère dans lequel il était monté à Port-Vila, capitale de Vanuatu.

D'humeur morose, Cairo, qui avait dû se lever précipitamment, regardait avancer vers lui le plus fidèle de ses sujets. Dans son costume fripé, celui-ci paraissait tout à fait déplacé sur la grande plage de sable blanc que le soleil commençait à inonder de sa lumière dorée. Cette apparition, aussi soudaine qu'inattendue, soulignait la distance qui s'était établie entre le monde et lui au cours de ces dernières semaines.

Il aurait tant aimé continuer à vivre ainsi, loin de la réalité, des tracas quotidiens.

— Nous avions rendez-vous ? lança-t-il, en guise de salut. Je n'en ai aucun souvenir.

Guidant le nouvel arrivé vers la terrasse, où était d'ordinaire servi le petit déjeuner, il s'enjoignit au calme. Il fallait qu'il s'applique à donner de lui l'image d'un individu nonchalant, qui ne se souciait que de lui-même. Comme ils s'installaient à la table bien garnie, il invita Ricardo à se servir tout en s'efforçant de rentrer dans la peau de son personnage habituel. Rôle qu'il ne jouait plus depuis son arrivée sur l'île. Depuis qu'il vivait avec Brittany.

Qu'il *vivait* avec Brittany ?

Oui, le terme convenait tout à fait. Ne partageaient-ils pas les moindres instants de leurs journées, de leurs nuits ? Le personnel étant très discret, il s'était très vite habitué à n'avoir pour seule présence que celle de la jeune femme, à ne parler qu'à elle. Et cela lui convenait à merveille.

Ce matin-là, lorsque le ronflement de l'hélicoptère les avait tirés du profond sommeil dans lequel ils avaient sombré après des ébats passionnés, il avait eu beaucoup de mal à se lever, à s'éloigner de celle dont il ne se séparait plus. Et ce constat n'était pas sans le troubler.

— Voilà un mois que vous avez disparu, sire, commença Ricardo avant de porter à ses lèvres une tasse de café.

Il avala deux gorgées du breuvage bien corsé, puis poussa un petit soupir de bien-être avant d'enchaîner :

— Totalement disparu. Certains croyaient même que vous étiez mort.

— Il y a toujours des rumeurs qui circulent, répliqua Cairo avec un geste évasif de la main.

— Des rumeurs plus persuasives que jamais, puisque aucune photo de vous n'est parue dans les magazines depuis des semaines !

— Je ne mourrais jamais si jeune et dans un tel anonymat, voyons !

Il ponctua ces mots d'un rire sec. La rapidité avec laquelle il retrouvait ses habitudes n'était pas sans le déconcerter. Il ne lui avait pas fallu plus de quelques secondes pour se glisser de nouveau dans la peau du personnage qu'il jouait depuis si longtemps.

— Si je devais mourir, je choisirais un tout autre cadre. Une très grande ville, par exemple, ce qui m'assurerait des funérailles à la hauteur de ma réputation. Bien entendu, la presse diffuserait en toute hâte les photos de l'événement !

Ricardo hocha lentement la tête puis s'éclaircit la voix avant de reprendre la parole.

— Sire…

Il marqua alors une pause, et Cairo lui trouva une expression plus grave, plus solennelle, qu'à l'accoutumée.

— Je suis venu vous dire que le général Estes a été emporté par une crise cardiaque, il y a de cela quelques jours.

Il s'était exprimé les yeux rivés sur son interlocuteur, guettant sa réaction. Comme Cairo restait imperturbable, il toussota de nouveau.

— Ses ministres se sont mis sur le devant de la scène et essayent de faire régner l'ordre, mais ils n'ont jamais été que des marionnettes auprès de lui. Et le peuple, sire… Le peuple est prêt ! conclut-il, le regard brillant.

Ces mots furent suivis d'un silence. Un long silence.

Assailli par les souvenirs, Cairo se tut. Il se rappela la main de son père, lourdement posée sur son épaule tandis qu'ils traversaient la brume matinale d'un comté anglais dont il avait oublié le nom. La scène s'était produite bien des années auparavant, mais elle restait gravée dans sa mémoire…

— Supposons qu'on ne retourne plus jamais chez nous, père, avait-il avancé.

La réponse du roi en exil ne s'était pas fait attendre. Cairo gardait une image très précise de celui auquel il aurait dû succéder : celle d'un homme assez âgé, alors qu'il n'avait qu'une petite quarantaine d'années et était doté d'une stature athlétique.

— Mon fils, c'est ton devoir de porter Santa Domini en toi, où que tu ailles, où que tu sois, que tu y retournes un jour ou pas. Tu dois avant toute chose servir ton royaume, garde bien cela en tête. Il t'appartient de le représenter en toutes circonstances. C'est là ta mission, ta vocation. Ton destin.

Il n'avait rien oublié de ce discours, celui d'un roi à son fils. Pas plus qu'il n'avait oublié chaque minute de cette journée pluvieuse où on était venu le chercher alors qu'il était en cours d'histoire, pour le conduire dans une salle où l'attendaient des inconnus à la mine sombre. Avec un regard qui se voulait compatissant, ces inconnus lui avaient annoncé que tous ceux qu'il aimait venaient de disparaître.

Il avait alors vu son univers basculer. Tout laissait présager qu'il serait la prochaine victime. Bien sûr, la culpabilité du général n'avait jamais pu être prouvée dans cette affaire, et de nombreuses personnes s'étaient obstinées à soutenir la thèse de l'accident.

Il gardait un souvenir diffus du jour des obsèques, auxquelles par mesure de sécurité il n'avait pas eu le droit d'assister. Il se rappelait avoir eu l'impression qu'un immense voile noir s'étalait partout. Autour de lui, *en lui*. Il s'était alors demandé s'il ne serait pas préférable d'être à son tour tué par le général, plutôt que de devoir lutter. Ce serait tellement plus facile.

« Il ne reste plus maintenant que le jeune prince », avait dit devant les caméras une femme interviewée par des journalistes. Cette femme habitait un village reculé du royaume. Il l'avait regardée et écoutée, assis devant la télévision, dans une chambre d'hôtel, quelque part. Des hommes montaient la garde dans le couloir.

« A partir de maintenant, c'est sur ses épaules que repose notre histoire », avait-elle ajouté d'une voix brisée par l'émotion.

C'était sans doute à ce moment-là qu'il avait décidé de vivre, tout en se sachant inapte à gouverner ce peuple, à succéder à son père. Il s'était bien promis de ne pas ménager ses efforts pour le démontrer.

Et voilà que venait de mourir le général aux mains souillées de sang. Le sang de sa famille. Même s'il n'en montrait rien, la nouvelle provoquait en lui une foule de sensations. Elle rouvrait des blessures profondes, qu'il avait cru cicatrisées.

Les propos de Brittany lui revinrent en mémoire. Elle semblait le considérer comme un homme digne de respect, quelqu'un qui avait de vraies valeurs. Personne n'avait jamais posé sur lui un regard pareil, et il était peu probable que cela se reproduise. Pourquoi les battements de son cœur s'étaient-ils accélérés alors qu'il l'écoutait ?

Toute sa vie, il avait fait en sorte de se montrer inapte à la fonction de roi. Difficile à présent de revenir en arrière. Il ne pouvait pas effacer le passé, l'image qu'il s'était évertué à donner de lui — une image que son père aurait détestée — pour accéder maintenant au trône de Santa Domini.

Il n'avait plus le choix, les dés étaient désormais jetés.

— Prêt à quoi ? demanda-t-il à Ricardo d'une voix plate.

Dieu qu'il lui en coûtait de simuler l'indifférence, l'ennui !

— À assister aux obsèques ? ajouta-t-il. Les hommes du général vont l'enterrer en grande pompe, aucun doute là-dessus.

Il se tut et haussa un sourcil, comme si une idée venait de lui traverser l'esprit.

— Vous savez bien que je ne peux pas fouler le sol de Santa Domini, Ricardo.

Ce dernier posa sur lui un regard sidéré, puis les traits de son visage se figèrent. Il cherchait de toute évidence à maîtriser sa colère. Une colère que Cairo jugeait parfaitement justifiée. Lui aussi détestait le personnage qu'il jouait — au moins autant que l'aurait fait son père. Mais il fallait en passer par là.

Reposant sa tasse de café, il se pencha en avant.

— Voyons, Ricardo, murmura-t-il, à quoi croyez-vous que nous ayons joué jusqu'ici ? Le but recherché était bien de laisser croire que j'étais totalement incapable de diriger un pays, n'est-ce pas ?

— Certes, Sire, mais… Comme vous le dites vous-même, il s'agissait d'un jeu, et ce jeu est terminé maintenant. J'ai toujours pensé que nous nous bornions à attendre le moment propice pour…

— Une hypothèse comme une autre, qui n'engage que vous.

La déception qui se lisait dans les yeux du nouvel arrivé était à peine soutenable. Cairo s'apprêtait toutefois à enfoncer le clou quand il perçut un léger bruit de pas, qu'il aurait reconnu entre mille. Il se tourna lentement, au moment où Brittany arrivait sur la terrasse. Son cœur se serra à la vue de la jeune femme, superbe dans une robe vert émeraude qui mettait en valeur les tons flamboyants de son épaisse chevelure.

Elle embrassa la scène du regard. Un regard plus sombre que d'habitude, observa-t-il. Lorsque ses yeux couleur noisette s'arrêtèrent sur lui, il fut pris d'un brusque désir de se lever pour prendre dans ses bras celle qu'il avait épousée.

Semaine après semaine, il s'était dit que viendrait bientôt le jour où il s'ennuierait auprès de Brittany. Ne s'était-il pas toujours lassé de celles, nombreuses, qui avaient partagé son lit ? Or, un mois entier venait de s'écouler, et il suffisait qu'elle apparaisse pour que jaillisse en lui une flambée de désir. Cette attirance n'était d'ailleurs pas uniquement physique. Il avait aussi envie de parler avec elle de tout et de rien, d'aborder mille sujets, sérieux ou futiles. Il adorait l'entendre raconter les histoires de son enfance dans le Mississippi. L'éclat de son regard reflétait alors son immense affection pour cette grand-mère qu'elle avait perdue à l'âge de neuf ans.

À ses côtés, il se sentait vibrer. Il éprouvait un merveilleux appétit de vivre.

Mais pourquoi Brittany restait-elle figée au bord de la

terrasse ? Pourquoi le fixait-elle bizarrement ? Aurait-elle assisté de loin à l'échange qu'il venait d'avoir avec Ricardo ? Si tel était le cas, elle était sans doute sidérée par son brusque changement d'attitude. Un sentiment de honte l'envahit. S'efforçant de le refouler, il tendit la main vers la jeune femme pour l'inviter à les rejoindre.

— Tu as tout entendu ?

Il venait de s'exprimer de cette même voix nonchalante qu'il avait retrouvée sur-le-champ, face à Ricardo. Voix qui ne plaisait manifestement pas à Brittany.

Pour toute réponse elle cligna les paupières, et il ajouta :

— Ricardo est venu jusqu'ici pour m'informer de certains événements, qui ne présentent en fait aucun intérêt pour moi.

À ces mots, Ricardo décida de tenter de nouveau sa chance.

— Sire, les ministres sont ceux qui accordent le plus d'importance à ces rumeurs au sujet votre mort. Ils veulent agir vite et élire un nouveau chef d'État, prétendant que, de leur point de vue, vous avez abdiqué.

— Très bien, qu'ils fassent ce que bon leur semble. Je n'envisage certainement pas de provoquer une émeute. Qu'ils se débrouillent entre eux !

— Voyons, Cairo, ne sois pas stupide.

La voix de Brittany venait de retentir, à la fois ferme et posée. C'était sur ce même ton qu'elle s'était adressée à lui, il y avait de cela bien longtemps, à Monte Carlo. Que de choses s'étaient produites depuis !

Il prenait conscience de tout ce qui était en train de lui échapper. L'arrivée impromptue de cet hélicoptère sur l'île avait bouleversé le rythme paisible de la vie qu'ils y menaient, Brittany et lui.

— Il va bien falloir que tu retournes en Europe, insista-t-elle.

— Sa Majesté doit prendre la place qui lui appartient, renchérit Ricardo.

Sa Majesté.

Les yeux toujours posés sur Brittany, Cairo avait l'impression que son regard se faisait lointain, très lointain. Il sentit une main de fer lui enserrer la poitrine. Appuyer fort, très fort. Si fort qu'il avait du mal à respirer. Comment était-ce possible que personne ne le remarque ?

— Je pense que la place de mon mari est celle qu'il a toujours occupée jusqu'ici : sur les couvertures des magazines people.

Ces mots, prononcés de façon très naturelle, firent à Cairo l'effet d'une gifle violente. Un coup mortel, qui lui était porté au moment où il s'y attendait le moins.

Par la femme qui le connaissait le mieux au monde. Elle n'ignorait rien de lui, pas plus que de son passé que de son destin. Elle savait où frapper pour faire mal. Pourquoi avait-elle agi de la sorte ? De quoi cherchait-elle à se venger ?

— Et plus il y aura de photos à sensation, mieux ce sera, précisa-t-elle alors.

Ces mots lui avaient coûté énormément, mais l'heure était venue de mettre un terme à cet intermède romantique pour que Cairo se décide à reprendre sa place sur le trône de Santa Domini.

L'électrochoc qu'elle avait voulu provoquer fonctionna à merveille : le lendemain, ils s'envolaient pour l'Europe.

Brittany attendait Cairo, assise dans un couloir de la luxueuse demeure parisienne dans laquelle ils s'étaient installés à leur retour de Vanuatu. La porte en face d'elle, fermée, accédait à la suite qu'occupait *son mari* et à laquelle elle n'avait pas accès. Dès leur arrivée, il avait chargé un domestique de porter les bagages de « Madame » dans une autre suite, située deux étages au-dessous de la sienne.

Leur arrivée à Paris remontait maintenant à quelques

jours. Ils avaient été accueillis par une nuée de paparazzis avides de nouvelles. Brittany s'était alors sentie vidée de ses forces, réaction qu'elle avait attribuée au décalage horaire ainsi qu'au brusque changement de décor. Après avoir passé un mois en sarong sur une île paradisiaque, s'adapter au tumulte de la capitale française n'était pas une mince affaire. Adieu plages désertes, paysages de rêve. Adieu quiétude, douceur de vivre. Adieu lune de miel…

Le secret qu'elle gardait en elle représentait le seul lien avec ce passé, proche et pourtant si lointain.

— C'est incroyable ! s'était-elle exclamée le lendemain de leur arrivée, alors que la voiture avec chauffeur les déposait au pied du tapis rouge menant à la salle de cinéma.

Cairo avait insisté pour qu'ils se rendent à ce festival. Avides de scoops, les photographes se pressaient déjà autour du véhicule.

— Que s'imaginent-ils ? avait-elle lancé avec un geste d'impatience. Que tu vas raconter ta vie ici, au milieu de la foule ? Si seulement ils pouvaient nous laisser en paix…

— À ta place, ce n'est pas ce que je souhaiterais. S'ils décidaient de nous ignorer, ça laisserait supposer que tu ne les intéresses plus, et tu ne me serais donc plus d'une grande utilité.

Depuis leur départ de Vanuatu, elle n'avait eu droit qu'à des remarques de cet acabit. Même si elle se savait responsable du brusque changement d'attitude de Cairo à son égard, elle en souffrait atrocement.

Deux soirs plus tôt, alors qu'elle le rejoignait dans le grand salon de sa maison aux allures de musée, il lui avait fait remarquer qu'elle semblait fatiguée.

— Comme c'est gentil ! s'était-elle exclamée, l'œil noir. C'était exactement ce que j'avais envie d'entendre.

Si Cairo s'était glissé sans la moindre difficulté dans

la peau de son ancien personnage, elle n'avait, elle, aucune envie de l'imiter.

— Inutile d'en faire un drame, avait-il répliqué, haussant un sourcil. Je m'inquiète pour les photos, voilà tout.

Après un instant d'hésitation, il avait ajouté :

— Je ne trouve pas que ce rouge t'aille très bien…

Le rouge en question était celui de la robe qu'elle portait, un ton identique à la tenue qu'il l'avait aidée à choisir pour leurs fiançailles.

— Cairo…

Il avait alors posé sur elle un regard absent. Vide.

— Tu n'es peut-être pas obligé d'être aussi odieux.

L'espace d'une seconde, ses prunelles ambrées avaient scintillé, retrouvant l'éclat qui y luisait durant leur lune de miel et qui avait disparu depuis un certain matin.

— Pourquoi joues-tu à ce jeu, Cairo ? Je sais que ce n'est pas *toi* !

Il avait salué ces propos d'un rire sec.

— Ah ? Tu as bien de la chance, si tu sais qui je suis ! Personnellement, je me pose tous les matins la question, devant le miroir. J'étais censé être un roi, et je suis devenu un clown. Une honte pour le nom que je porte. Je représente pour moi-même une véritable énigme, et tu prétends, toi, savoir qui je suis ?

Saisie par le désarroi que révélaient ces paroles, elle avait cherché son regard.

— Oui. Je sais que tu es un être droit, intègre, qui a de véritables valeurs. *Quelqu'un de bien*, comme on dit.

— Que d'éloges ! avait-il lancé avec un rire sarcastique. Tu t'égares, ma pauvre Brittany ! Tu sais que je suis « quelqu'un de bien » au lit, rien de plus ! Inutile d'inventer un type qui n'existe pas. La vie n'est pas un roman !

— Mais…

— Tu devrais peut-être consulter un psychologue, pour régler ce problème. Ou partir. À toi de choisir.

Le monstre !

La veille, elle avait lu tous les articles de presse concernant la mort du général. Consciente de ce qu'impliquait pour Cairo ce brusque changement de situation, elle avait décidé de se montrer calme, patiente. Ces moments ne seraient pas faciles pour elle non plus, elle en était convaincue.

— Que fais-tu ici, Brittany ?

La voix de Cairo venait de la ramener au présent. Elle tressaillit et leva les yeux vers lui. Sur le seuil de sa chambre, il la dévisageait, surpris de la trouver assise dans le couloir. Ses cheveux étaient savamment ébouriffés et il portait un costume trois-pièces fait sur mesure. L'expression de son visage était distante. À le voir, on aurait cru qu'il se trouvait face à une inconnue.

Elle aurait dû le détester ! Pourquoi n'y parvenait-elle pas ? Pourquoi au contraire, avait-elle envie de lui prouver qu'il se méprenait sur son compte ? Pourquoi aussi était-elle tentée de lui révéler son amour ?

— Je suis moi aussi ravie de te voir, Cairo ! lança-t-elle, un sourire crispé aux lèvres.

Il réprima un soupir, assez nettement pour qu'elle le remarque.

— Nous n'avions pas rendez-vous, n'est-ce pas ? Et quand bien même, je ne t'aurais pas demandé de me retrouver dans ma chambre. Nous sommes censés nous voir ce soir, à l'occasion de…

Mais elle ne le laissa pas poursuivre.

— Jusqu'à quand allons-nous nous livrer à cette mascarade ? Faire comme si rien ne s'était passé entre nous ?

Consciente que sa voix vibrait d'émotion, elle poursuivit néanmoins :

— Ce mois à Vanuatu n'était qu'un rêve ? Tu as réussi à t'en persuader ?

— Dois-je te rappeler que c'est toi qui as mis un terme

à notre lune de miel, Brittany ? N'est-ce pas toi qui as précipité notre départ ? Cette escapade était d'ailleurs une erreur, nous n'aurions jamais dû l'envisager. Au départ, nous avions passé un contrat. Contrat auquel nous aurions dû nous tenir.

— Un peu tard pour avoir des regrets, non ? Beaucoup trop tard même !

Elle eut alors du mal à refouler le fou rire nerveux qui lui chatouillait la gorge. Toute envie de rire la déserta cependant lorsqu'il reprit la parole.

— Voyons, je suppose que tu as lu un certain nombre d'articles à mon sujet, n'est-ce pas ? Je ne t'ai d'ailleurs jamais caché que je ne menais pas une vie monacale — c'est bien le moins qu'on puisse dire ! Pourquoi t'être imaginé que tu serais différente de toutes les autres ?

Elle eut l'impression que son sang se figeait dans ses veines et qu'un froid glacial s'insinuait en elle, la pénétrant tout entière. D'un geste machinal, elle passa lentement la main sur l'étoffe soyeuse de sa robe. N'était-ce somme toute pas mieux ainsi ?

Sans s'en douter, il venait de lui faciliter la tâche.

— Calme-toi, lui dit-elle d'un ton sec.

L'ignoble tirade de Cairo avait eu sur elle un curieux effet : elle se sentait plus forte.

— Rassure-toi, je n'envisageais pas de faire la queue pour avoir le privilège de partager ton lit, ce soir.

— Dans ce cas, je suggère que nous nous retrouvions plus tard, comme convenu. Nous avons un programme précis à suivre, essaye de le respecter.

Un sourire plaqué sur les lèvres, elle hocha la tête.

— Très volontiers, Cairo. Je crains malheureusement qu'un événement imprévu se soit glissé dans ce programme. Je suis enceinte.

*
* *

Quelques mots suffisaient pour que le monde bascule. Il était mieux placé que quiconque pour le savoir.

— Comment ?

Au moment où le mot franchissait ses lèvres, il prit conscience de son incongruité.

Brittany venait de se lever. La jeune femme qui se tenait en face de lui offrait une image lisse, parfaite. Une image qu'il détestait. Depuis leur arrivée à Paris, il avait du mal à reconnaître en elle l'exquise créature qu'il avait tant de fois tenue dans ses bras, celle auprès de laquelle il s'endormait, se réveillait. Celle avec laquelle il parlait pendant des heures. Celle qui, au fil des jours, était devenue partie intégrante de sa vie.

Avec ses cheveux relevés en chignon, son maquillage discret et ses tenues élégantes, elle ressemblait à ces jolis mannequins aux allures de poupée qui défilent sur les podiums. Elle lui paraissait intouchable.

Que de fois il s'était pris à regretter de ne pas être un homme différent ! Meilleur. Digne d'elle.

— « Comment », Cairo ? répéta-t-elle, avec une compassion toute feinte. C'est pourtant toi l'expert en la matière, non ? Comme tu viens d'ailleurs de me le rappeler…

Pendant les secondes qui suivirent, il resta immobile à la dévisager.

— C'est impossible, dit-il enfin d'une voix sourde.

— Comme c'est amusant ! Voilà exactement ce que j'ai dit au médecin. Il semblerait que je ne sois pas la seule responsable, pourtant.

— Mais…

Cette fois encore, elle l'interrompit.

— Ce serait le fruit de notre toute première fois, dans ce château. Je suppose que tu t'en souviens.

Comment aurait-il pu oublier des moments d'une telle intensité ?

— Très romantique, n'est-ce pas ? enchaîna-t-elle.

J'ai feuilleté ce matin notre contrat, mais je n'y ai trouvé aucune clause relative à la filiation…

Les paupières baissées, il prit une profonde inspiration avant de poser de nouveau le regard sur « son épouse ».

— Rien que de très normal, Brittany. Je suis le dernier descendant des Santa Domini. La dynastie prendra fin avec moi.

D'un geste instinctif elle posa la main sur son ventre plat, comme si elle cherchait ainsi à protéger l'être minuscule qui y grandissait.

Cairo, lui, était perdu dans la contemplation de ses chaussures. Comment diable cela avait-il pu se produire ? Du coin de l'œil, il vit la jeune femme avancer vers lui.

— Est-ce vraiment si grave ?

Il redressa la tête d'un geste vif.

— Tu crois peut-être que je me suis donné toute ma vie en spectacle par pur plaisir ? Non, Brittany ! Je l'ai fait pour me protéger. En me montrant sous cette image d'incorrigible fêtard, je rendais peu plausible une accession au trône ! Si j'avais au contraire affiché des qualités dignes d'un roi, le général se serait empressé de me faire disparaître.

— La donne a changé : le général n'est plus de ce monde, lui rappela-t-elle d'un ton ferme.

Sans hésiter plus longtemps, il franchit la distance qui les séparait et lui posa les mains sur les épaules. Il fallait qu'elle comprenne. Qu'elle saisisse toute l'étendue du danger.

— Je ne peux pas avoir d'enfants.

Sa voix était méconnaissable. Sombre, profonde, elle reflétait toutes ses années de chagrin, de douleur.

— Je ne peux pas condamner un innocent à ce genre de vie, Brittany. Je n'ai jamais été un homme digne de respect. Jamais je n'ai répondu à la moindre attente de qui que ce soit. Et je ne suis pas assez fou pour enfermer un enfant avec moi dans cette prison !

De grosses larmes, qu'il n'avait pas senties arriver, roulèrent sur ses joues. Il attira alors la jeune femme contre lui pour la serrer dans ses bras.

— Il ne tient qu'à toi de détruire les murs de cette prison. Et tu ne seras pas seul dans cette aventure, murmura-t-elle. Je serai là, à tes côtés. *Pour toujours.*

— Nous avions prévu de…

— Je t'aime, dit-elle simplement, redressant la tête pour chercher son regard.

Une fois de plus, le monde était coupé en deux. Et une fois de plus, il ne pouvait que pleurer cette division. Mais il n'avait pas le choix.

— Non, Brittany. Tu ne m'aimes pas.

— Bien sûr que si ! Tu es le seul homme auquel j'ai accepté de me donner. Auquel je me suis donnée sans compter !

— Ce n'est pas possible…

Il la lâcha et, l'air perdu, recula.

— Nous allons trouver une solution. Nous inventerons un amant caché qui surgira pour réclamer cette paternité. Les gens croiront que…

— Non.

Elle ne s'était pas emportée, n'avait pas crié. Le teint très pâle, elle posa de nouveau la main sur son ventre.

— Il n'en est pas question, Cairo. Cet enfant est le tien, le futur héritier du trône de Santa Domini. Et je suis ta femme… Ç'en est fini de ces petits jeux !

— Tu as pourtant accepté d'y jouer.

— J'ai accepté de me mettre sur le devant de la scène, avec toi dans un but bien précis. Et puis… Je suis tombée amoureuse de toi.

Elle ne cherchait plus désormais à cacher son émotion.

— Amoureuse de l'homme qui, quand on le débarrasse de tous les artifices derrière lesquels il se cache, est un roi. Le roi de Santa Domini.

— Le vrai roi de Santa Domini a perdu la vie dans un accident de voiture, il y a des années de cela.

Chargée d'amertume, la voix de Cairo avait à présent des accents métalliques.

— Je ne suis jamais que son ombre. Une ombre plutôt embarrassante.

— Le général s'est emparé de ton pays, il a décimé ta famille. À cause de lui, tu es entré dans la peau d'un individu futile, creux… Et tu t'es mis dans la tête que cet individu reflétait ta propre personnalité !

— C'est la stricte vérité.

— Réfléchis. Quel sort souhaites-tu réserver à cet enfant ? Tu voudrais qu'il mène comme toi une sorte de double vie ? Qu'il en souffre ?

— Tu ne sais pas de quoi tu parles, Brittany. Tu ignores les tenants et aboutissants de cette affaire.

Les bras croisés, elle planta son regard dans celui de l'homme qu'elle aimait.

— Voici en tout cas ce que je sais : ces choix de vie qui ont été les nôtres, nous les avons faits parce qu'ils nous paraissaient les meilleurs. Ou plus exactement, les moins mauvais… Voilà comment nous en sommes arrivés à nous exposer dans les magazines. Mais notre enfant mérite mieux que cela, tu en conviendras.

— Tout à fait d'accord avec toi. Voilà pourquoi personne ne doit savoir que je suis son père.

Elle se rapprocha de lui et le toisa. Elle avait tout d'une reine, songea-t-il. Cette allure royale, il l'avait perçue dès le tout début.

— Je n'ai pas l'intention de fuir, Cairo. Ni de me cacher ni non plus de mentir. Je suis ton épouse, et cet enfant est l'héritier de ton royaume. Un royaume que tu dois regagner. C'est la raison pour laquelle j'ai précipité notre départ de Vanuatu, au risque que tu me rejettes… Comme tu l'as fait d'ailleurs.

Ils se dévisagèrent longuement, et il comprit soudain

qu'il n'avait plus envie de « jouer », plus envie de dissimuler la vérité. Si quelqu'un pouvait prétendre le connaître, c'était bien Brittany. Elle seule avait deviné qui se cachait derrière les masques qu'il portait depuis des lustres. Elle seule avait réussi à les faire tomber.

La comédie était finie.

— Peu importe que tu m'aimes ou pas, poursuivit-elle sans le quitter du regard.

En entendant ces mots, il sentit son cœur se serrer. Il brûlait de la prendre de nouveau dans ses bras, de la tenir tout contre lui. Grâce à elle il retrouvait le goût de vivre, il reprenait confiance en lui.

— Ce qui compte, c'est l'avenir, Cairo. Cet avenir dont tu as été privé, et que nous offrirons à notre enfant. Le général est mort désormais. Le trône de Santa Domini t'attend. Il n'appartient qu'à toi de le récupérer.

10.

Après s'en être enfui trente ans plus tôt, en pleine nuit, Son Altesse Royale Felipe Skander Cairo de Santa Domini retournait dans ce palais royal qui avait appartenu pendant des générations aux siens.

Il lui avait été facile de refaire le chemin parcouru par sa famille. Il avait traversé les montagnes, la frontière, avant de redescendre dans les villages les plus reculés puis de se diriger vers le cœur de ce royaume qu'il était né pour défendre.

Et plus il avançait, plus il était convaincu d'avoir fait le bon choix. Il se sentait ici chez lui. Et même si les hommes du général l'abattaient dès son arrivée au palais, il tomberait sur *ses terres*.

Mais il n'avait aucune envie de quitter ce monde. Il désirait vivre. Vivre à Santa Domini avec sa femme, son enfant. C'était là et nulle part ailleurs qu'il devait résider. Là, auprès de son peuple. Il allait récupérer ce qui lui appartenait, et aucun enfant portant son sang ne serait condamné aux années de malheur qu'il avait dû endurer.

Ces montagnes aux cimes enneigées faisaient partie de son être, tout comme ces vertes collines et ces lacs d'un bleu cristallin. Ces paysages, il les portait en lui.

Un cortège d'hommes et de femmes le suivait quand il atteignit les abords du palais. Non loin de là se trouvaient les inévitables journalistes. Mais il n'avait ce jour-là aucune envie de répondre à leurs questions, et ne se souciait guère de ce qu'ils publieraient à son sujet.

Il était ici *à sa place*, voilà tout ce qui comptait.

Ricardo avançait fièrement à côté de lui. Des centaines de loyalistes leur avaient emboîté le pas. La police était venue à leur rencontre à l'entrée de la capitale, mais au lieu d'interpeller ces « dissidents » elle avait décidé de fermer la marche.

— Vous représentez un mouvement, Sire, lui avait dit Ricardo avec fierté. Celui de notre peuple, qui marche avec vous.

Il avait hoché la tête et continué d'avancer, guidé par la flamme que Brittany avait su allumer en lui. Ignorant le monstre qu'il pensait être devenu, elle avait vu en lui le roi qui sommeillait.

Il passa sans encombre les portes du palais, les derniers hommes du général n'osant pas faire barrage au descendant légitime de la royauté qu'il était. Ce d'autant qu'il était bien escorté.

Comme il gravissait les marches du palais, les voix des partisans s'élevèrent derrière lui, l'incitant à continuer d'avancer. Ce qu'il fit, persuadé que, quelque part tout là-haut, son père applaudissait sa démarche.

Cairo avait tout juste cinq ans le jour où il avait quitté le palais, mais il n'en avait rien oublié. Ce fut donc sans hésiter qu'il se dirigea à travers les longs couloirs où étaient accrochés les portraits de ses ancêtres.

Devant la salle du trône, que nul n'avait occupée depuis le départ de son père trente ans plus tôt, se tenait un petit groupe d'hommes armés, au regard fatigué. Il entendit les flashs crépiter derrière lui. Les journalistes s'étaient sans nul doute mêlés à la foule, et il était prêt à parier que la scène, filmée, serait retransmise sur les chaînes locales et internationales.

Raison de plus pour donner le meilleur de lui-même et se montrer à la hauteur de la situation !

— Messieurs, commença-t-il d'un ton ferme, vous avez devant vous l'héritier du trône. Trône que je viens aujourd'hui récupérer.

Le rapport de force n'était plus en faveur des gardes, qui ne semblaient d'ailleurs nullement disposés à se battre. De toute évidence, les derniers soutiens du général avaient perdu leur ferveur. L'autoritarisme exercé par celui-ci pendant de longues années avait fini par user les plus ardents de ses partisans.

Installée devant un écran de télévision, Brittany suivait avec une attention soutenue l'évolution de la situation. Elle se trouvait dans l'une des résidences les moins connues de Cairo : une maison en Écosse, dans les Highlands.

Après lui avoir fait part de ses projets, il avait insisté pour qu'elle s'y rende, et lui avait exposé les démarches à suivre au cas où cette opération ne se déroulerait pas aussi bien qu'il l'espérait. Dans ce genre de situation tout était envisageable, y compris le pire.

La prise de pouvoir durait maintenant depuis quelques heures, et le monarque était acclamé de toute part, aussi bien par son peuple que par la presse.

« Longue vie au roi ! » ; « Vive le roi ! »

Sans rien perdre de ces cris, qui retentissaient dans toute la maison, Brittany commença à préparer ses bagages, prête à rejoindre son époux. Elle monta dans la voiture qui devait la conduire à l'aéroport. À elle à présent d'affronter son destin.

À son arrivée à Santa Domini, des hommes en costume sombre l'attendaient au pied du jet privé. Ils l'escortèrent jusqu'à une luxueuse voiture noire aux vitres teintées. Ils l'aidèrent à s'y installer, et le véhicule partit, suivi d'autres véhicules identiques.

S'agissait-il là d'une manœuvre destinée à la cacher ?

se demanda-t-elle tandis qu'ils roulaient en direction du palais. Sans doute et, à vrai dire, cela n'avait rien d'étonnant. Tout un chacun semblait avoir pardonné sur-le-champ à Cairo son passé sulfureux. Pour une raison très simple : il était le roi de Santa Domini. Mais son propre cas était bien différent.

Aux yeux du monde, Brittany n'était qu'une créature qui avait maintes fois exhibé son corps pour gagner sa vie. Qui, pour des raisons pratiques, avait contracté plusieurs mariages. Pourquoi l'absoudrait-on ?

Cairo lui-même l'aimait-il ? Non.

Si elle ressentait un pincement au cœur chaque fois que cette pensée lui traversait l'esprit, elle se répétait néanmoins que ce n'était pas là le plus important. Elle se savait assez forte pour tenir bon, d'autant que l'avenir de son enfant était en jeu. C'était là tout ce qui comptait.

Elle ne vit Cairo que lorsqu'on la conduisit sur le balcon dominant les jardins du palais royal. C'était de là que, depuis des siècles, les différents monarques s'étaient toujours adressés à la nation. Le personnel féminin qui l'avait accueillie l'avait aidée à s'habiller et à se préparer, avant ce moment solennel.

Il apparut soudain à la porte monumentale, et lui décocha un regard bref mais intense. Elle s'efforça de lui sourire tandis qu'il se dirigeait vers le podium où il allait prononcer son discours. L'héritier des Santa Domini s'apprêtait à reprendre ses droits, à accéder au trône. L'enfant qu'elle portait en elle ne serait pas contraint de se cacher comme avait dû le faire Cairo.

Consciente de l'image qu'elle était censée donner d'elle-même, Brittany redressa un peu plus les épaules et garda ce sourire plaqué sur ses lèvres d'un rose soutenu, qui se mariait à merveille avec l'étoffe en lamé argent de sa robe. Puis elle reporta toute son attention sur l'homme dont elle s'était éprise. Cairo, le père de son enfant, le roi de Santa Domini.

Elle avait cru être brisée d'abord par sa famille, puis par la voie peu respectable qu'elle avait choisie. Elle avait pensé ne jamais être capable d'aimer. Et puis le destin avait placé Cairo sur son chemin, et elle s'en réjouissait, quoi qu'il advienne par la suite.

Superbe dans son smoking bleu marine, Cairo tendait les bras vers la foule qui l'acclamait. Il attendit que le silence se fasse pour prendre la parole.

— Je me suis longtemps caché… Tout en m'exhibant ! commença-t-il. J'étais convaincu de servir ainsi mon pays, en le décevant. En montrant jour après jour à mon peuple que je n'étais pas digne de régner. C'était aussi ma façon de vous protéger, vous tous. Je savais bien que personne ne voudrait se rallier à un personnage aussi clinquant que celui que j'incarnais. De ce fait, personne non plus ne risquait de subir les représailles du général.

Émue, Brittany buvait ses paroles. Elle était si fière de Cairo. Si heureuse qu'il ait trouvé le courage de vaincre ses vieux démons pour reprendre sa vie en main et marcher vers son destin. Cet homme-là, noble, intègre, était celui qu'elle avait découvert à Vanuatu.

Vanuatu… Plus jamais elle ne connaîtrait le bonheur infini de ces quelques semaines hors du temps. Elle n'était qu'une vulgaire danseuse de cabaret, lui un roi. Fatalement, leurs chemins finiraient par se séparer.

Sans se départir de son sourire, elle l'écoutait. Chaque seconde qui s'écoulait creusait un peu plus l'abîme qui les séparait. La rapprochait un peu plus de la fin. Elle souffrirait, mais le chagrin s'estomperait. Un jour. Quoi qu'il arrive, elle resterait la mère de son enfant.

C'était parce qu'elle aimait Cairo qu'elle voulait s'écarter de sa voie, lui laisser le champ libre. Elle partirait dès que ce serait possible. Elle attendrait le temps nécessaire, afin de ne pas provoquer un nouveau scandale, et il pourrait alors épouser une femme digne d'être reine.

Bien sûr, leur enfant porterait son nom et serait son

héritier. Mais elle ferait en sorte qu'il mène une vie bien plus équilibrée que celle qu'avait menée Cairo.

Les citoyens rassemblés là l'écoutaient toujours religieusement. Il parlait à présent de ses parents, de sa sœur, la princesse Magdalena. De tous les êtres chers disparus trop tôt. Et il invitait les habitants du royaume qui avaient eux aussi souffert de l'ancien régime à le rejoindre.

Cairo était réellement taillé pour ce rôle. Elle se réjouissait qu'il ait enfin consenti à l'admettre. Il ferait un excellent roi, et rendrait ses sujets heureux. Quant à elle, elle s'éclipserait bientôt…

Il venait de marquer une pause. Tous les visages étaient dressés vers lui, attendant la suite.

— Certains d'entre vous se demandent sans doute pourquoi j'ai choisi ce moment précis pour revenir.

Il se tut et posa sur elle un regard qui lui fit l'effet d'une caresse.

— Ce n'est pas la disparition de cet ignoble personnage qu'était le général qui m'a mis sur la route, sachez-le. Je n'ai pas non plus ressenti le besoin soudain d'accomplir mon devoir. Non, il s'agit de tout autre chose. J'ai rencontré une femme qui n'a pas du tout paru impressionnée par moi, et j'ai décidé d'en faire ma reine.

En entendant ces mots, Brittany se figea. Il fallait qu'elle continue à jouer dignement son rôle devant les millions de regards posés sur elle. Ceux des sujets du royaume réunis là, ainsi que ceux de tous les téléspectateurs qui, installés devant leur écran, ne perdaient rien de la scène. D'instinct, elle caressa l'alliance qu'elle n'avait pas ôtée une seule fois depuis leur mariage.

Allons, ressaisis-toi, Cairo ne t'appartient pas ! Et le fait que tu portes en toi son enfant n'y change rien. Quant à cette alliance, elle n'a qu'une valeur symbolique, tu le sais bien.

Soit, mais avant de la rendre elle continuerait de vivre ce rêve.

Cairo s'était tourné vers elle et lui souriait.

— J'ai fait d'elle ma reine, et c'est elle qui a fait de moi un homme digne de ce nom. C'est elle qui m'a ouvert les yeux, qui m'a mis face à mes responsabilités. Elle encore qui m'a redonné confiance en moi. Assez pour que je décide de revenir ici, de retrouver mon royaume et mon peuple.

De nouveau face à la foule, il ouvrit grands les bras, comme s'il voulait embrasser cette multitude.

— Je m'évertuerai à être toujours le roi que vous méritez, je vous le promets. Et je m'engage aussi à servir mon pays, jusqu'à mon dernier souffle.

Ces mots furent salués par une salve d'applaudissements. Les cris de joie fusaient de toute part. Face à cette scène terriblement émouvante, Brittany avait du mal à retenir ses larmes.

Cairo recula alors d'un pas et, tourné vers elle, lui prit les mains avant de les serrer fort dans les siennes.

— Brittany, je t'aime !

Ces mots, retransmis par les micros, résonnèrent tout autour d'elle. Dans sa tête. Dans son cœur.

Les applaudissements reprirent de plus belle. La foule en liesse exultait.

— Non, Cairo, dit-elle à voix basse mais assez fort pour qu'il l'entende dans le brouhaha environnant. Il te faut une *vraie* reine…

— Je l'ai, Brittany. *Tu* es ma reine.

Elle retint son souffle. En dépit de l'agitation qui les entourait, elle eut soudain l'impression qu'ils étaient seuls sur la plage, face à l'océan. Ils venaient de remonter le temps…

Non. Ce temps-là était révolu.

— Impossible, Cairo, fit-elle d'une voix mal assurée.

Tu es roi désormais, il te faut une épouse digne d'occuper ce rang. Une femme qui n'ait pas mon passé.

Elle était cependant consciente de manquer de fermeté. Où trouverait-elle la force de tourner le dos à cet homme ? De renoncer à celui qui l'avait rendue si heureuse ?

— Dois-je te rappeler que tu as épousé un roi en exil, doté d'une réputation terrible ? Cet homme, c'est toi qui as réussi à le remettre sur la bonne voie. Tu as vu en moi ce que je refusais de voir. Tu as cru en moi. Tu m'as bousculé, pour me faire sortir de cette routine stupide dans laquelle je m'étais enfermé. Si je suis ici aujourd'hui, Brittany, c'est grâce à toi.

— Cairo…

Il lui posa un doigt sur la bouche pour la faire taire.

— Je n'ai pas fini. Nous allons nous marier de nouveau, mais selon la tradition cette fois. Dans la cathédrale où des générations de Santa Domini ont prêté serment.

La gorge nouée, elle chercha en elle la force de prononcer les mots pour décliner cette offre, sans succès. Cairo s'était rapproché d'elle. Des reflets mordorés scintillaient dans ses yeux.

Les clameurs de la foule résonnaient toujours autour deux, mais ils les entendaient à peine.Ils s'étaient retranchés du monde, enfermés dans une bulle. Comme à Vanuatu.

Brittany avait du mal à lutter contre les douces sensations qui montaient en elle. Pourquoi refuserait-elle la proposition de Cairo ? Pourquoi tournerait-elle le dos au bonheur ? Pourquoi les condamner, son enfant et elle, à une vie loin de cet homme merveilleux ?

Tu l'as incité à croire en lui, et tu n'es pas capable d'en faire autant, maintenant ? Pas capable de montrer à ton tour ton vrai visage, si différent de l'image que tu as donnée de toi ces dernières années ?

— Je t'aime, *tesorina*. Et je ne te laisserai pas partir. Jamais, sache-le !

Ces mots, prononcés d'une voix vibrante de sincérité, balayèrent ses derniers doutes.

— C'est là tout ce que j'espère… Votre Majesté, chuchota-t-elle, le regard brillant.

D'un même geste, ils se rapprochèrent l'un de l'autre, s'enlacèrent et échangèrent un long baiser, sans prêter la moindre attention aux lueurs des flashs qui crépitaient derrière eux.

Retrouvez en août,
dans votre collection

Azur

L'enfant caché de Leandro Conti, de Tara Pammi - N°3855

ENFANT SECRET

Sept longues années. C'est le temps qu'a mis Alexis pour oser se confronter à son passé. À son passé, mais aussi – et surtout – à l'homme qui l'a cruellement rejetée sans qu'elle parvienne à l'oublier. Aujourd'hui, hélas, elle n'a plus le choix : elle doit se rendre à Milan, là où sa vie a autrefois basculé, pour s'entretenir avec Leandro Conti. Car, même si elle a toutes les raisons de haïr le puissant homme d'affaires italien, elle ne peut lui cacher plus longtemps qu'il est le père d'Izzie, sa fille de six ans...

Piégée par son patron, de Kate Hewitt - N°3856

COUP DE FOUDRE AU BUREAU

Je vous présente Hannah, ma fiancée...

En entendant Luca Moretti l'introduire ainsi auprès de ses clients, Hannah se sent blêmir. Comment son patron ose-t-il la faire passer pour sa future femme ? Si elle avait su qu'il prévoyait de la manipuler de la sorte, jamais elle n'aurait accepté de l'accompagner à ce voyage d'affaires ! Furieuse, elle sait pourtant qu'elle n'a pas le choix : si elle veut garder son emploi, elle va devoir entrer dans le jeu de Luca. Luca qui, bien qu'il l'ignore, fait battre son cœur en secret depuis trois ans...

À la merci de son ennemi, de Maya Blake - N°3857

INDOMPTABLES MILLIONNAIRES

« Tu es à ma merci, Carla. Je n'ai qu'un mot à dire pour te ruiner complètement. » Bien qu'elle ait l'impression que le sol est en train de se dérober sous ses pieds, Carla se force à ne pas chanceler face aux menaces de Javier Santino. Quelle terrible erreur elle a commise en devenant l'égérie de l'entreprise de luxe de cet homme impitoyable ! Car, au fond, elle s'en doutait : Javier ne lui a jamais pardonné d'avoir disparu sans un mot après l'unique nuit de passion qu'ils ont partagée trois ans plus tôt. Et aujourd'hui, alors qu'il a découvert la gravité de sa situation financière, elle comprend qu'il n'a plus qu'un but : se venger...

Une maîtresse pour le cheikh, de Susan Stephens - N°3858

Isla est aux anges : avoir été choisie pour mener des recherches vétérinaires au Q'Abi est une chance inouïe pour sa carrière. Hélas ! sa joie se transforme rapidement en inquiétude quand on lui présente le généreux donateur à l'origine du projet, le cheikh du royaume. Car le souverain n'est autre que le ténébreux inconnu qu'elle a rencontré la veille et qui aurait pu la séduire si leur échange s'était prolongé… Désormais, elle travaillera jour après jour en étroite collaboration avec cet homme qu'il lui est formellement interdit d'aimer…

Passion à Haughton Court, de Julia James - N°3859

Ellen ne cédera pas : hors de question qu'elle vende sa demeure familiale ! C'est tout ce qui lui reste de son père ! Aussi, quand un certain Max Vasilikos se présente dans le but d'acquérir la propriété, est-elle décidée à lui opposer un refus catégorique. Hélas ! face à lui, elle perd tous ses moyens : Max est l'homme le plus irrésistible qu'elle ait jamais rencontré. Mais aussi le plus déterminé. Car, pour une raison qui échappe encore à Ellen, le séduisant milliardaire grec jure qu'il ne reculera devant rien pour la faire changer d'avis…

Au service du comte, de Catherine Spencer - N°3860

Diana doit garder les idées claires. Si elle est entrée au service d'Anton de Valois, c'est uniquement dans le but d'en apprendre davantage sur sa mère biologique, qui a également travaillé pour lui. Pas pour tomber sous le charme du séduisant comte ! Pourtant, bien malgré elle, Diana sent au fil des jours qu'elle est en train de succomber au désir qu'il lui inspire. Un désir qui pourrait bien contrarier tous ses projets…

Milliardaire et séducteur, de Michelle Conder - N°3861

Vénale. C'est le premier mot qui vient à l'esprit de Dare lorsqu'il rencontre Carly Evans. Pour quelle autre raison, en effet, une jeune femme sublime comme elle fréquenterait-elle son richissime grand-père ? Bientôt, Dare se sent gagné par la colère : si cette manipulatrice pense pouvoir mettre la main sur leur fortune familiale, elle se trompe du tout au tout ! Il se fera d'ailleurs lui-même une joie de dévoiler la cupidité de Carly. Même si, pour cela, il doit la séduire…

Une seule nuit avec toi, de Carol Marinelli - N°3862

SÉRIE : SCANDALE ET PASSION - 3E VOLET

Nikolaï Eristov. L'homme le plus séduisant, le plus charismatique, mais surtout le plus ténébreux que Rachel ait jamais rencontré... et auquel elle devrait à tout prix résister. Car elle en est persuadée : si elle cède au désir effréné qu'il éveille en elle, elle voudra davantage. Et il la rejettera. Ce célibataire endurci ne saurait accorder plus d'une nuit à une femme, il le lui a clairement fait comprendre. Déchirée entre sa raison et la passion qu'elle éprouve pour lui, Rachel décide pourtant de prendre un risque insensé : passer la soirée en compagnie du mystérieux milliardaire...

Pour l'amour d'un Di Sione, de Caitlin Crews - N°3863

SAGA : L'HÉRITAGE DES DI SIONE - 4E VOLET

Dario Di Sione est déterminé : il quittera Hawaï à la seconde où il aura mis la main sur les boucles d'oreilles que son grand-père l'a chargé de récupérer. Hors de question de consacrer plus de temps à cette quête ridicule ! Seulement, dès l'instant où il pose les yeux sur l'avocate en possession des précieux bijoux, Dario prend conscience qu'il ne s'en sortira pas si facilement. Car la jeune femme, plus belle encore que dans ses souvenirs, n'est autre que son épouse, celle qui l'a inexplicablement trahi six ans plus tôt, et à qui il s'est juré de ne jamais pardonner...

L'héritière des Karedes, de Carol Marinelli - N°3864

SAGA : LE ROYAUME DES KAREDES - 8E VOLET

Une simple domestique, l'héritière des Karedes ? Malgré sa surprise, le roi Zakari de Calista ne peut que se rendre à l'évidence : Effie, la séduisante servante dont il a fait sa maîtresse pour quelques nuits, porte le diamant Stefani autour du cou, le joyau de la couronne qui lui permettra, selon la tradition, de régner enfin sur le royaume d'Adamas. Déterminé à le récupérer par tous les moyens, il se résout à demander Effie en mariage, même si, pour la convaincre, il doit lui faire croire qu'il est tombé éperdument amoureux d'elle...

Composé et édité par HarperCollins France.

Achevé d'imprimer en juin 2017.

BLACK PRINT

Barcelone

Dépôt légal : juillet 2017.

Pour limiter l'empreinte environnementale de ses livres, HarperCollins France s'engage à n'utiliser que du papier fabriqué à partir de bois provenant de forêts gérées durablement et de manière responsable.

Imprimé en Espagne.